下落不明的故事

[德] 莱因哈特·容 著
钱 飏 译

二十一世纪出版社集团
21st Century Publishing Group

图书在版编目(CIP)数据

下落不明的故事 / (德) 莱因哈特·容著 ; 钱飏译
. -- 南昌 : 二十一世纪出版社集团, 2024.4(2024.9重印)
(彩乌鸦世界文库)
ISBN 978-7-5568-7717-1

Ⅰ. ①下… Ⅱ. ①莱… ②钱… Ⅲ. ①儿童小说 - 中篇小说-德国 - 现代 Ⅳ. ①I516.84

中国国家版本馆CIP数据核字(2023)第147909号

版权合同登记号　14-2009-070
审图号:GS(2024)1417 号

下落不明的故事

XIALUO BUMING DE GUSHI　[德]莱因哈特·容 著　钱 飏 译

出 版 人　刘凯军
策划编辑　彭学军　魏钢强　　美术编辑　彭 蕾　彭 渤
编辑统筹　谈炜萍　　责任制作　章丽娜
责任编辑　孙睿旼　刘晨露子　　Logo 设计　先锋设计·赵抒濛

出版发行　二十一世纪出版社集团(江西省南昌市子安路 75 号　330025)
网　　址　www.21cccc.com
经　　销　新华书店
印　　刷　南昌市红星印刷有限公司
版　　次　2013 年 8 月第 1 版　2024 年 4 月第 2 版
印　　次　2024 年 9 月第 2(总第 11)次印刷
印　　数　5,001~12,000 册
开　　本　889 mm × 1300 mm　1/32
字　　数　66 千字
印　　张　3.75
书　　号　ISBN 978-7-5568-7717-1
定　　价　25.00 元

赣版权登字 -04-2024-40　

目 录

20 POLSKA

邦贝先生个子非常矮小，肩膀直接支撑着脑袋，看不到脖子。他走路完全依赖拐杖的帮忙，但还是走得浑身酸疼。

他的拐杖是乌黑的，安着金子做的把手。拐杖已经陪伴他度过了漫长的岁月。

邦贝虽然长得瘦小，却是一位伟大的作家。只是这点就只有他自己知道，因为，他的那些故事还没有对任何人泄露过。但邦贝并不寂寞——他不是有那些故事陪伴着吗？故事在他那儿，才被赋予了真正的生命。也只有在故事里头，邦贝才能穿越时间和空间漫游。这点没有人可以做到。

由于腰椎疼痛难忍，真正意义上的旅行于他成了非分之想。邦贝已经不再听命于医生的安排了。小时候，邦贝经历了各种各样痛苦的治疗：这儿拉长韧带，那儿绷紧肌肉，骨头也被敲断了，抻长了，拉直了。但是医生最后不得不承认，邦贝先生就只能这么高了：这就是他的命。

邦贝就像一艘破船，千疮百孔，搁浅在了一个充满敌意的海岸，梦境正好在它的对岸。这边是他人生的历练场，而彼岸却是梦想中的天国。

父母去世以后，邦贝花掉所有的钱，把父母留给他的房子做了彻底的改造。楼下，他允许布伦克先生开了家杂货店，房子其他部分直到阁楼，邦贝都改建了。他跟木工定制了适合自己高度的家具，还特意在楼梯上加设了轨道，安了一把电动椅。这样他才能毫无痛楚、方便舒适地在屋子里上下活动，一直去到阁楼的窗边。他常常在那儿坐着，为的是享受外面的辽阔无边。

夜晚，邦贝喜欢爬到阁楼上，去和月亮谈心。月亮也是满肚子的故事，它犹如一面明镜，好让邦贝观察这个世界。

有很多的故事从这面明亮的镜子里飞出来。到了白天，邦贝就把它们记在一本厚厚的笔记本里，这个笔记本叫作“愿望之书”。

邦贝文化程度很高，他小小的图书室里藏书不止一千本，他都读过。他透过作家们的眼睛来认识这个世界，可惜这个世界却完全不知晓还有个远离人群的邦贝活着。

邦贝也像别人一样读报纸，却对不断转换画面的电视抱有恐惧。电视里那些“大事”威力无穷，令他感到无助；而它们同时发生的奇怪现象，更让他觉得自己渺小。不错，邦贝先生谢绝电视的打扰。电视就像一个骗子，是他的死敌，专来与他的小碎步子以及热爱缓慢生活的态度对着干。

邦贝装了一个通往底楼的小电梯，这样，杂货店老板布伦克就能把吃的喝的都给他送上去——他几乎不出门。

无论是成年人对他表示的同情，还是小孩对他的指指点点，邦贝都害怕得很。那些人就和劳动局的官员一样，一眼就看穿了他其实是一个大人，不过穿着小孩的衣服罢了。

作为作家，邦贝先生默默无闻。而劳动局给他介绍的工作，都是想充分利用他奇异的身材。邦贝先生可不想变成主题乐园里的“七个小矮人”，或是马戏团里的小丑。倒不是因为他对矮人有什么成见，只是作为人，尤其是一位作家，得有骨气。就算他相貌奇特也得这样。

结果，到了有一天，当邦贝坐在“愿望之书”面前的时候，他发现本子只够再写一个故事了。“最后一个故事，”邦贝心想，“必须是个特别的故事！得有意义，得真正发生，而不只是写在纸上。”

但是，他要怎么让故事真正发生呢？

这天晚上，月亮藏到云朵的后面，拒绝回答邦贝的问题。一时间他觉得那些时时在脑海里闪现的故事，被笔记本凝固住了。“让故事真正发生”的意思是说，让故事走出书本，走到现实世界里去，让它自己找寻要去的地方——城墙、河岸、沙滩，在人群里找到自己的生命。

也就是在这天晚上，邦贝先生决定将“愿望之书”撕开。

邦贝跟杂货店老板订购涂改笔的时候，就先将笔记本撕开了，把故事一个一沓地铺在自己面前。涂改笔从小电梯送上来后，邦贝先生马上动手，用涂改笔涂掉故事发生的地点，将它们解放出来。邦贝很有信心地认为，故事有足够的力量，去找寻属于自己的地方。但是故事里面的人物邦贝全部保留了。因为如果把人物用涂改笔涂掉，就等于谋杀了他们。

被拆得支离破碎的“愿望之书”里的最后一个故事还没来得及写，就只是四张白纸。因为邦贝心里暗暗希望，它们可以自己讲述这个故事，所以，他只是将空白的纸张订在了一起。现在，他已经有了十一个故事，分别装订好、折叠好，并且放入了信封。

之后，邦贝又通过小电梯发了一张新的订单给杂货店老板。收到订单的布伦克有些惊讶地读着那张单子：

请尽快为我准备十一只绸纸做的热气球。气球底下可以点小蜡烛，要飞得越远越好。　邦贝启

邦贝等了差不多两个星期，才等到店老板布伦克用电梯送上来他要的东西：从国外订购回来的折在一起的绸纸热气球和附带的蜡烛。

这期间，邦贝草拟了一封信，这封信会随着故事一起出发去旅行。

信上写着：他——邦贝，特此放飞他写的故事，让它们自己决定故事发生的地点和主人公。见信者可以将故事寄还给他，告诉他故事最后落脚的地方。只有当他——邦贝，得知故事真的发生过了，才会把它们收回到“愿望之书”里头去。他也会——说到做到——将书送给寄信人。信的最后写了祝愿语和地址（布伦克杂货店）。

这封信附加在每篇故事后面，也包括最后一个只由四张白纸组成的“故事”。

“正好让没写下来的故事独自去寻找发生的地点吧。”邦贝很冷静地这么想着。

现在邦贝就只等一个冰冷夜晚的降临了。因为他认为，只有寒冷的天气才能让热气球飘得更高更远，寒风比温暖的轻风更加有用。

这个时刻终于到来了：一阵刺骨的东风为城市的屋顶铺上了白霜。邦贝带上热气球，坐着电动椅来到阁楼的天窗前。大概是凌晨三点时分吧——邦贝可不想引起什么骚动，而且他也深信，这样的深夜，连白鹳和飞机也都休息了，不会威胁到绸纸热气球的安全。他的热气球薄如蝉翼，虽然飞行起来是那么的轻盈灵活，可是易受伤害。

这天晚上，他放飞了头三个故事。

它们飘出阁楼的窗外，慢慢地升上夜空，最后好像朦胧的月亮那般，消失在了云层后面。邦贝从没有过这么幸福的时刻！

二月来临的时候，猎猎的晚风经常改变方向。邦贝从阁楼的天窗放飞了最后那个只是白纸的故事。他仍然觉得这一刻值得庆祝。不过接下来，就只有漫长的等待了。已经无数次了，邦贝抓着地图，用手指追随着风的方向，猜测着故事着陆的地点。

春去夏逝，秋风摇动着屋顶的瓦片，而邦贝没有等来任何一个故事落脚的消息。

邦贝忧心忡忡地想：会不会有几个故事落入汪洋大海中了？会不会有几个故事卡在够不到的高高的树梢上了？他把自己的故事这样托付给清风，简直就是一个傻瓜。

邦贝开始坐立不安了。

有好些夜晚，他拄着拐杖来回走动，自怨自艾。他日渐消瘦，胃口全无。

杂货店老板给他送上来当早餐的三个面包，两个又被他放回小电梯送了回去。但是，邦贝喝的咖啡却比以前多了。

慢慢地，那本“愿望之书”变成了“下落不明的故事”。

又是一个隆冬了，杂货店老板在将近中午时给邦贝送来了午餐。邦贝坐在地图前面，当小电梯上来门打开时，他连看也没看午餐一眼。他不觉得饿，根本不想吃东西。他差一点儿就将东西原封不动地送了下去，这时他看到了一封信，还有那上面的外国邮票和笨拙的字体。

他突然浑身发热，手指颤抖，他喜出望外地拿过信封。

信是由爱尔兰的多尼戈尔海湾寄来的，邮票上的邮戳是爱尔兰的首都都柏林。是哪一个故事在爱尔兰找到了落脚的地方呢?

邦贝撕开信封，找到了《海面上的眼睛》这个故事。

他打开重逢的手稿，在涂掉的地名那里填上“爱尔兰”和“多尼戈尔海湾”。他把故事里的人物改成了爱尔兰姓名。当他重读这个故事时，他觉得这个故事本来就该发生在爱尔兰。

海面上的眼睛

从前，在爱尔兰的西海岸，住着一个男孩。男孩的父亲失业在家。每天清晨，男孩都会趁着退潮沿着海滩捡拾头天晚上被潮水冲到岸上的东西：木板、桶子、木箱、铁罐头和玻璃瓶。男孩会把捡到的东西都拖回家里。

有一天早晨，他却什么也没能发现，只是感觉有哪里不同往常。男孩沿着海湾四处寻找，毫无收获。后来他的眼光落在了一块深色的地方，在远处的浅滩上。是岩礁吧？应该是夜晚从沙洲冲刷下来的。那东西让他愣了一下。待看清了是什么东西，男孩松了口气。

随后他想："这岩礁以前就该暴露在汹涌的波涛中了吧？这么巨大的岩礁不可能突然冒出来的，我倒是要去看看！"他慢慢涉水朝浅滩走过去。

男孩诧异地绕着那块露出沙滩的岩礁走着。风正从陆地吹向海面，还用不着担心涨潮。但男孩仍不太自在：他总觉得身后有陌生的眼睛正注视着他的背脊，他正被打量着。可是环顾四周，只有他一个人。头顶上，海鸥正乘风高高地飞翔，远处的海面异常平静。男孩继续绕着礁石走。

一阵低低的叹息声让他停住了脚步，是从岩礁那儿传来的。男孩更加仔细地打量那块石头，这时，他发现了那只眼睛。它就在岩礁露出水面的位置，正注视着他——一只睁开着的历经沧桑岁月的眼睛，正默默地紧盯着男孩。

男孩万分惊讶地望着，很久才从那眼光中挣脱出来。他伸手舀起海水，小心地浇在那睁着的眼睛上面。他给了眼睛咸咸的"眼泪"，让它不要在陆地吹来的风中干涩。他

也不明白自己为什么会这么做，他只在想着："你从哪里来？是谁把你骗来的？"

那块岩礁一震，男孩感应到了一种无声的信息：*我一直在寻找你，我现在找到你了。你，与众不同，我的朋友。*

男孩震惊得不能说话。

你还记得吗——一百年以前，当我和你现在一样小的时候？

男孩摇摇头，又舀了水浇在那只眼睛上。

我来到这海湾，想要玩耍，却被网住了。我被拖来拽去，我拼命抵抗，蜷缩身体，乱冲乱撞，却毫无作用。海草缠住了我，将我越缠越紧。我就要被拖到浅水里去了，我的身子向上，就快远离安全的黑暗深海了。这时我见到了他们——

他们直立着行走。头上挂着海草，海草沾满了全身裸露的皮肤。

他们将我拽过岩礁。岩礁在海滩拦出了一个水塘，就算退潮里面也不会干涸，涨潮时又会填满海水。我还在挣扎，但他们比我更强大。

他们中的一个举起一根长矛，扎进我的肉里，我无力摆脱。其他人拿着棍子打我。我沉到水塘底下去了，但他们的长矛仍然够得着我的身体。

“为什么？”我想，“为什么要这样做？”

到了晚上，你来了，你和别的人来了。我很害怕。当你看到我的伤口时，你的眼里流出了泪水。我浮起身子，你抚摸着我。你和别的人，都还那么小，就像你一直以来都是那么小一样。你唱歌给我听，轻轻地柔声吟唱。你满怀同情，你把海草剪开了，又指给我逃离水塘的路。大人回来的时候，你已经打开了牢笼。“快逃！”你轻轻说着，“快逃！他们就要来杀死你！”

我一直在找你。你一点儿也没有变化，而我已经衰老了。我只想再见你一面，谢谢你！永别了！

这时一只海鸥尖叫着从男孩头顶掠过，他吓得跳了起来。涨潮了！他得在潮水涌来之前跑回岸上去。岩礁上的眼睛已经被水淹没了，再没有危险了。

“我肯定是在做梦。”男孩想着。他尽力快跑，沿着沙洲回到岸边。

“你见到它了吗？”他进门时，父亲问他。

“谁啊？”男孩问道。

“有一头鲸鱼搁浅了，就在多尼戈尔海湾。”

“一头鲸鱼？”男孩又问。

“上一回，”父亲说，“有一头鲸鱼搁浅，已经是一百年前的事了。我的曾祖父说起过，是一头幼鲸。它钻进了渔夫的渔网，渔夫把它拖到浅滩的水塘里，要宰杀它，取它的脂肪熬鱼油，拿来点灯。不过孩子们很同情被抓到的动物，可能因为鲸鱼也年幼吧。他们晚上把幼鲸给放走了。我的曾祖父为此挨了一顿狠揍，他后来常常提起。”

男孩紧盯着自己的父亲，最后说：“是真的吗？”

“当然，”父亲吼道，“你要是不相信我，可以去看看教堂的编年史或是问问克罗依，他的曾祖父那时也在。你怎么了？你有没有找到什么我们可以卖的东西？”

“没有。”男孩回答，保持了沉默。

＞＞＞＞

过了好一阵，邦贝才从他的故事中回过神来，走到厨房。

“或许，”他自言自语，“就是那个男孩自己读到了热气球捎去海湾的故事吧？”

那男孩找到了热气球上的东西，问他的父亲：“我们拿这怎么办？”

他把系在气球上的信晾干，找到可以将故事翻译出来的人，然后写了回信。就是这么回事！邦贝非常肯定，甚至都不需要去读那封寄自爱尔兰的回信。他把信连同《海面上的眼睛》这个故事一起塞进空夹子里，一面希望着，其他十个故事也能回到他的手中。

第二天早晨，杂货店老板布伦克非常惊讶，因为邦贝吃完了早餐的三个面包，一点儿不剩。他觉得这真是个好迹象。

第二封信，邦贝等了不到一个星期。当布伦克亲自把信送来时，他见到了一个心情愉快的邦贝正穿着晨袍坐在早餐桌前。邦贝马上清理干净桌子，接过信件，好奇地审视着上面的邮票。“ESPAÑA”（西班牙）这个词印在邮票上面，还有西班牙国王的头像。寄信人：玛利亚·冈萨雷斯－奥立法，柯尔多瓦，摩洛皇宫大街。

邦贝从信封里抽出故事来——他连布伦克的存在也给忘了。布伦克悄悄在身后关上门，让邦贝可以静静地和他的秘密待在一起。

邦贝抚平手稿，将“科尔多瓦”填入故事里地名的空白处，还有河流的名字“瓜达尔基维尔”。他上学时就知道，科尔多瓦和塞维利亚这两座城市建造在瓜达尔基维尔河岸上。现在，他的故事变成了《科尔多瓦的公主》。

科尔多瓦的公主

在西班牙的瓜达尔基维尔河边,有一座古老的城市叫作科尔多瓦。直到今天,那里还矗立着摩洛皇宫,一座摩尔人[①]的宫殿。在一千多年以前，那里曾是阿拉伯哈里发[②]的皇宫。

哈里发有一个女儿,她不但貌美如花,而且冰雪聪明。根据传统风俗,她已经到了出嫁的年龄。但是科尔多瓦的公主根本不想嫁给国王为她指定的男人。所以她给求婚者出了一道难题:谁能将真理钥匙作为聘礼送给公主,谁就能迎娶她!

公主相亲的当天，科尔多瓦的大街小巷都粉饰一新。沿着瓜达尔基维尔河,光彩华丽的平底船铺满河滩。名贵的骏马骚动不安地拉着金色马车,踩着舞步穿过城市的街道。各色彩旗在大大小小的窗口迎风招展,人们熙熙攘攘地挤满了皇宫前的大路。求婚者们带着富丽堂皇的仪仗队

---

① 中世纪占领过西班牙和葡萄牙等地的穆斯林。

② 中世纪政教合一的阿拉伯国家元首。

走向皇宫。宫殿里面也一片喧闹,公主坐在她父王身边的一张银色椅子上,举着一副长柄眼镜,透过镜片全神贯注地看着金色的巨大宫门。

这时宣谕官吹响了号角,殿内马上鸦雀无声,连裙摆的窸窸窣窣的声音也消失了。宫门打开,内廷总管宣布:“尊贵的阁下,来自金色威尼斯的法波利彻拉伯爵请求为公主献上真理钥匙!”

哈里发慈祥地点点头。公主微微低一低聪明的脑袋,示意求婚者上前。

法波利彻拉伯爵表现大方,他的侍从搬上来一桶最上乘的“法波利彻拉之冠”。

“Dulce Princesa,”伯爵优雅地鞠了一躬,说道,“in Vino Veritas!”

宣谕官翻译道:“最甜美的公主,真理钥匙就在美酒之中!”

公主微微一笑。她审视着威尼斯伯爵、他的酒桶和他的气度。接着她放下眼镜,请求这位尊贵的求婚者把酒桶里的酒都喝干。这可用了不少时间,公主表现出极度的耐心。当她再次举起眼镜时,伯爵已经酩酊大醉。

“最最最最最甜美的公主主主主——啊……”他醉得口齿不清,被侍从抬了出去。

法波利彻拉伯爵带来的真理钥匙的“痕迹”才刚刚从地板上抹走，内廷总管已经宣布第二位应征者的到来：“尊贵的阁下，库施大富翁的继承人献礼！”

这位求婚者是骑着大象从喜马拉雅山来的。他指挥侍从抬上一只沉重的箱子，呈到公主面前。

“最最亲爱的公主！”他叫道，“我在此献上真理钥匙！”接着他打开木箱的盖子，大臣们和顾问们都眼花缭乱了——箱子里堆满金子。所有人都着了魔似的盯着这昂贵的礼物。只有公主皱起眉头说：“金子确实能让我买各色物品，但并不是真理钥匙，因为买来的真理更像是背叛。”

“那又怎样？”库施大富翁的继承人问道。

“就是那样！”公主回答。

继承人合上箱盖，大臣们和顾问们都发出一声遗憾的叹息。

“我请求你们想想清楚！”公主喊道，“是我要嫁给他，不是你们！那么，请下一位！”

“就是那样”是什么意思？库施大富翁的继承人非常困惑地离开了皇宫。

他骑上大象，箱子也被抬了上去。继承人启程回国了。街上的人群一片肃静，求婚者遭到拒绝真是一幅悲哀的画面，简直要让人讲出幸灾乐祸的话来。但是，大富翁的继承人却习惯听到赞颂的话语，于是他打开箱子，两手抓满金子，向沉默的人群中撒去。

“万岁！万岁！万岁！”欣喜若狂的群众欢呼起来。

“这才像话！”继承人哈哈大笑。不过一个细细的声音传入他的耳中：“就是那样！”

这时宣谕官再次吹响了号角，内廷总管宣布第三位求婚者的到来：“尊贵的阁下，波利卡，爱琴海岛国萨姆斯暨伊卡利亚暴君的继承人献礼！”

波利卡走入殿内，他在大殿中间放下一只遮盖起来的篮子。他用敏锐的目光扫视众人，慢慢揭开了盖布。大臣们和顾问们都快步退后。毒蛇正从柳条篮子里直立起来，吐着芯子。波利卡又盖好盖布。他用冷静的手势向大臣们和顾问们表示道：“恐惧就是真理钥匙！”

公主完全被震慑住了，她用长柄眼镜挡着自己的脸。一阵令人尴尬的沉默后，波利卡鞠了一躬。

“真理，”他平静地说道，“真理就像法老王的金字塔那样伟大，金字塔是出于恐惧而建造的，对死亡的恐惧。所有伟绩都源自恐惧：光明来自对黑暗的恐惧，言语来自对沉默的恐惧，书写来自对遗忘的恐惧，一个人的权倾天下来自凡夫俗子对他的恐惧。”

公主着迷地抬起了眉毛，这可没有逃过波利卡的目

光，他又补充说：“真理还缺少的部分，我就用人们对刑讯逼供的恐惧，挖掘出来！”

大臣们和顾问们战战兢兢，殿内大多数人都吓白了脸。所有人心里都在想：“要是她嫁给这个波利卡，就该轮到我遭殃了！”公主看着大家胆战心惊的样子，没有说话。她保持着暂时的沉默。她心想，也许这可以让王国在长时间内杜绝偷鸡摸狗、流言蜚语和贪污腐败，还有阴谋诡计和私底下的争权夺利。

等到殿内的人们担惊受怕够了，已经开始担心最糟糕的情况了，公主这才开口说：“够了！让他把装着毒蛇的篮子带回萨姆斯和伊卡利亚吧。我们的王国没那么大，造不了金字塔。我也不爱刑讯逼供，靠这样得来的真理就是最大的谎言。恐惧，确实如此，恐惧有巨大的力量，但更加威力无穷的是爱，即诸神中最小的一位①。否则怎么还会有孩子的诞生？每个女人都害怕生孩子的痛苦，但她们仍然拥抱男人，为她们的孩子带来弟弟妹妹。这位最弱小的神能够战胜最巨大的恐惧。去吧！你的冷酷并不合我的胃口。”

大臣们和顾问们都舒了一大口气。波利卡脸色惨白，目光呆滞地退了出去。外面的群众又高呼着“万岁！万

① 罗马神话中的爱神丘比特，是一个小孩形象。

岁!”,期望着又有金币可以捡。但是波利卡用力鞭打马匹,他的马车让街道上的人群一哄而散,只有科尔多瓦最胆大的傻子追在马车后面,扮着鬼脸。

“请下一位!”公主叹息着说。内廷总管犹犹豫豫,宣谕官尴尬地左顾右盼,大臣们和顾问们互相对望。谁去跟公主报告呢?还不能得罪了她。已经没有“下一位”了,大家全都跑掉了!有些是因为库施大富翁的继承人的财富,有些是出于对波利卡的害怕,不过大多数还是被公主的聪明吓得逃之夭夭。

公主自己也深受震动,她躲在长柄眼镜后面,不想让人发现她带着笑意的眼睛。

> > > >

邦贝陷入沉思,他自己倒是很愿意去做这位公主的弄臣①。不过弄臣和小丑的时代早就已经过去了。“可惜啊!”邦贝这样想着,他或许可以给公主出谋划策呢。

在他的内心深处,科尔多瓦的公主刚在他的笔下诞生,他就已经深深地爱上了她。

不过,他那时还不知道,公主住在西班牙。她成了一位

---

① 本指讨皇帝欢心的大臣。

摩尔人的公主，一位在西班牙的穆斯林时代统治当地的哈里发的女儿，倒是非常合情合理。从这位摩尔人的君主那里，欧洲不但学会了阿拉伯数字，也学会了医术、建筑学、数学和观星术。摩尔人还发明了用绿柱石来做镜片的眼镜。真是天资聪颖的民族，富有智慧的公主。邦贝长叹一声，脑袋沉沉地靠在桌上，他睡着了。

他梦见自己坐在热气球悬挂的吊舱里，被温和的东北风直接吹向科尔多瓦，在皇宫的内院缓缓降落。科尔多瓦的公主举止优雅地接见了他，并且对他表示深深的感激。因为在故事里，公主并没有成为法波利彻拉伯爵的豪饮成性、库施大富翁继承人的吹嘘炫耀或是爱琴海岛国王储的冷酷无情的牺牲品。

“这个理所当然！”邦贝谦逊地回答着，脸色泛红。接着邦贝打趣道：“不知道公主在这期间有没有找到真理钥匙。”

公主开心地笑了，她拥抱住邦贝，给了他一个吻。邦贝还从来没有体验过这样温柔的拥抱和亲吻。但就在此时——正当公主抚摸着他的头发说着“这不是你的发明吗？所谓的真理钥匙！”的时候，宣谕官走了进来，用手杖重重地敲地。“请下一位！”宣谕官宣布道。邦贝惊醒了过来。

但是敲击声仍然不断，直到邦贝从桌边起身，跑去开门。布伦克站在门外，手里拿着一封信：“这又来了一封信！”

邦贝还没有完全清醒，所以他没辨认出来，信封上面写的是俄文字母。

“像是俄文。”布伦克说。很久之前，他还是孩子的时候，曾经学过俄文，在当时的“苏联占领区”①。

“你能念给我听吗？”邦贝问道。他终于彻底清醒过来。

“我不晓得还行不行呢，”布伦克回答，“不过让我来试试。”

“我应该有一本《俄德词典》的。”邦贝想了起来。他走去图书室拿词典。

他回到厨房时，布伦克已经念出了寄信人和地址：俄国，莫斯科，克里姆林宫，文化教育部，文化干事，安德烈•库施诺夫。

邦贝说道：“对你肃然起敬啊，布伦克先生！”这下他几乎将科尔多瓦的公主抛在了脑后，只有他脸上微微的红晕才透露出他就在几分钟之前，才被科尔多瓦的公主在梦中吻过。

“你要多喝饮料，邦贝！”布伦克留意到了，“天气忽冷忽热。我马上给你准备一些送上来。”

邦贝心不在焉地点头，布伦克马上下楼去开店门。邦贝非常好奇，不知道哪个故事偏偏找到莫斯科的克里姆林宫去发生。他打开信封，找到了他写的《漂移的亮光》。

手稿马上补充完整了：“国王”变成了“沙皇”，“城堡”变

---

① 第二次世界大战德国战败后，德国被分割成英法美占领区和苏联占领区。

成了“克里姆林宫”，城市则改成了“莫斯科”——故事经过长途跋涉，随着西风在那儿落了脚。

邦贝等着小电梯上来。布伦克送来一箱气泡矿泉水，还有——邦贝可真没想到——一瓶红酒。

邦贝抿嘴微微一笑，决定红酒还是留到夜深以后再喝。他倒了一杯矿泉水，开始阅读：

漂移的亮光

俄国的旧都和新都莫斯科，以前是沙皇居住和统治的地方。有些沙皇爱民如子，有些沙皇冷酷残暴。在残暴沙皇的统治时期，最受罪的就数俄国的诗人。

要是有人描绘出沙皇的真实面目，那可是犯了杀头大罪。

假如为了不说谎话，诗人只好写些童话，那么，他还是会被关入地牢，因为他没有尽力歌颂沙皇。这个地牢就在克里姆林宫内院的方砖下面。

在那里，俄国的诗人和思想家都被困在了重重的黑暗之中，每天只能得到水和面包，一天只有一次。当太阳高悬中天时，才会有一小会儿的光亮，从地牢的穹顶透进那幽暗的囚室。地牢铺了稻草的地板上,会闪耀着一个亮亮的光斑。光斑慢慢地在稻草上面移动着,移到对面的墙上,越爬越高,最后消失无踪。

一天中唯一的一次,只在外面阳光普照的时候。

有一天,阳光又在稻草上面形成了一个亮光的孤岛,接着亮光慢慢地向对面的墙壁移动。囚犯们似乎见到在那个亮光的孤岛中坐着一个孩子。一个孩子,正在一本打开的日记本上写东西。

起先,所有的囚犯都以为自己眼睛花了,看见的只是幻象,所以没有人敢开口。直到终于有一个人问道:"你们也看到一个孩子了?"

这下所有的人相信了自己的眼睛。

囚犯们鼓噪起来,他们摇晃着铁栅栏,要把看守叫过来。他们叫喊着:"把孩子放了!要是你们胸膛里还有一颗心在跳的话!"

"肃静!"看守吼叫道,"你们发疯了吗?"他们用火把照亮囚室,"这儿哪有什么孩子?沙皇肯定不会允许的。要是有孩子在里面,叫他快站出来!我们倒要亲眼瞧瞧,然后再放了他!"

但是并没有孩子站出来。

"这下你们看到了吧!"看守吼着,转身离开。他们带走了火把，让囚犯们重新陷入一片漆黑之中。每一个人都看到了那孩子，但是囚室的黑暗淹没了他。

第二天，太阳又在稻草上面照耀出一个亮光的孤岛。那孩子从黑暗中走出来，坐在孤岛之上，打开了他的日记本。他一边写着，一边追随着地板上的阳光。光斑在囚室里一寸一寸朝着对面的墙壁移动，越爬越高，最后终于又消失了。

“你在写些什么啊？”其中的一个囚犯轻轻地对着黑暗问道。

“我在告诉日记本，我们怎样从这里逃走。”孩子回答他。

“你要逃走？”那人吓了一跳，“你会被抓住的，这会要了你的命！”

“我们大家一起逃走！”孩子用坚定的声音说道，“我都已经写了下来。”

“念给我们听听！”

“明天，”孩子说，“明天，当太阳照进来的时候。”

那每天唯一一次的阳光，囚犯们从来没有这样急切地盼望过。终于，亮光又开始在稻草上面移动，扫过囚室的地面，一直照到孩子打开的日记本上来。孩子念道：

“从前有一座地牢，在克里姆林宫内院深深的地下。就算是监狱的看守，也对它避之唯恐不及。每天只有一束光

线会来陪伴牢里的囚犯，一天又一天，光线横穿过整座牢房的黑暗。于是，从黑暗之中，来了一个孩子。

“孩子在他的日记本中写道：‘我们大伙儿会顺着阳光逃走，它会照亮我们，承载我们。我们会乘着亮光的岛屿离开监狱，亮光会指给我们通往自由的道路。所有困在这儿的有自由思想的人们，都会跟随阳光逃离这无情的地牢。’”

接着亮光消失在了地牢的墙上。年老的囚犯，还有诗人和思想家们，都陷入沉默之中，有些还在无声地哭泣。他们不能反驳这孩子写的文字，为什么要夺走一个小孩的希望呢？就算这希望只存在于童话之中，存在于那些正义最终会打败邪恶的故事里！

但是接下来的一天，当阳光再一次在牢房里移动的时候，那孩子突然尖声大叫起来：“看守！造反了！暴动了！”

看守们马上打开牢门，冲了进来：“谁都不许动！”但这牢里的光线是从哪儿来的？稻草上的又是什么？一个看守拿起孩子的那本日记，开始念了起来，别的人也跟着凑过脑袋来一起看。有谁读过这样的玩意儿吗？——“我们大伙儿会顺着阳光逃走”；还有，“它会照亮我们，承载我们”。有谁念过比这更异想天开的傻话？顺着阳光逃走？真是荒谬透顶！看守们捶着大腿，大声嘲笑。就在他们身后，牢门撞上了，并从外面被反锁上。看守们成了囚犯，而囚犯们逃走了。

两天过去之后，大家才觉察到地牢的看守不见了踪影，找了半天，才找到被困住的看守们，并且将他们放了出来。他们都在胡言乱语，嘟囔着什么“关起来的孩子”和“一道阳光”。他们拿出一本日记本，里面都是疯狂的句子，像“我们会乘着亮光的岛屿离开监狱”等等。

看守们被释放了。

在克里姆林宫内院里，一块松动的地砖又悄悄回到了原来的位置上，没有谁留意。

从此以后，再也没有光线能够透入底下的地牢。

＞ ＞ ＞ ＞

邦贝打开厨房的窗户，深深吸了一口气，就像是他也刚刚逃离那个地牢一样。

这是他创作的，是他解救了孩子、诗人和思想家们——只用了一道阳光！邦贝心里一下充满自信，虽然他相貌奇特，但还是可以创造奇迹的。

邦贝先生沉浸在这样的想法之中，拿起开瓶器，打开了那瓶布伦克出于好意送上来的红酒。

一瓶红酒还不足以把邦贝变成法波利彻拉伯爵，不过，他战胜了克里姆林宫地牢的看守们，这确实值得庆祝一番。

真是奇迹！这天晚上邦贝睡得香甜无梦，说不定还打呼噜了呢。他甚至睡过了头，错过了布伦克新烤好的早餐面包，还有信件。那是布伦克一大早就送上来的。差不多中午时分邦贝才起床。他走进浴室，在洗脸池上方的镜子里见到了一个酒醉未醒的自己。

"干杯！"邦贝对着镜子里的自己举起了刷牙用的漱口杯。

他穿着晨袍走入厨房，从小电梯拿出早已凉透的面包，又去查看信件。

这次一下来了两封信。一个早上就收到两封信！邦贝欢呼了一声。就像一个孩子要把餐点最好的部分留到最后享用一样，邦贝饱饱地吃了一顿，却没有去触碰那些信。直到他吃了果酱喝了咖啡，体力恢复、精神奕奕之后，他才把那两封信拿到面前。

一封信来自法国，另一封则来自意大利。现在他要先打开哪一封呢？该先念哪个故事呢？

邦贝决定先看法国的，或许这决定来自昨晚的红酒，一瓶 1992 年的"新教皇堡"。

信寄自巴黎，寄信人是让·巴布蒂斯·柯多涅，地址是奥赛码头 16 号。

邦贝把这些资料仔细地填入他的故事里。这是关于一条丝巾的故事：

一条丝巾

从前,巴黎住着一位鞋匠,他有一个学徒叫让·巴布蒂斯。这个学徒真是个特别的男孩,他可以整小时整小时地看着塞纳河。有一次看着看着,他突然蹦了起来,拼命跑回制鞋作坊,把鞋匠和鞋匠的老婆都拖到了街上。他呆立在那儿,浑身打战。

鞋匠和他老婆都搞不明白这是怎么回事,他们担心,这孩子会不会是染上什么怪病了。他们决定还是带让·巴布蒂斯去看看医生,花多少钱都可以。

就在这时,一道闪电劈裂了他们身后的作坊,屋子整个儿地倒塌了。

鞋匠和他老婆脸色苍白——是学徒救了他们的命!两人无声地拥抱了孩子,打算将他认作自己的孩子。但这孩子并没有为倒塌的房子哭泣,他只是一动不动地望着,直到发出了一声深深的叹息,他才又回到了现实世界。他庆幸师傅还活着。鞋匠觉察到,这孩子有罕见的本事,可以洞悉未来。

有一天,让·巴布蒂斯又站在塞纳河边,两眼发直地看着河水，这时漂过来一只瓶子。学徒找到一根树枝，把瓶子推到岸边，从奥赛码头的水里捞了上来。

瓶子塞了木塞，里面装着一条丝巾。学徒拔掉瓶塞，拿出丝巾。他把丝巾展开，看到上面有画笔涂抹的字迹。让·巴布蒂斯万分惊异地念着丝巾上面的字："1851 年 7 月 14 日大约中午时分，制鞋学徒让·巴布蒂斯会将这条丝巾从奥赛码头的水里捞起来。"

又一次，一股莫名的兴奋传遍了学徒全身，他开始发抖。

他跑回家去，急切地问道："今天是 7 月 14 日吗？"

"怎么啦？"鞋匠问，"今天当然是 7 月 14 日啦，整天都是！"

"那今年是 1851 年吗？"

"是呀，整年都是！"鞋匠笑了起来。

让·巴布蒂斯仔细检查丝巾，找到上面缝着的丝巾铺子的标签，是在维赛区。他跑去那儿，四处找寻那间店铺。店主还记得这条丝巾是卖给谁的，是一位教养良好的绅士，可能是位哲学家，就在奥赛码头 16 号的地下室里教书。这是三年前的事了，店主之所以还记得买主，是因为他和那位绅士高谈阔论了许久，主题是：人有没有能力预见未来。

让·巴布蒂斯谢过丝巾铺子的店主，沿着小巷朝奥赛码头走去。他找到16号门牌，看到地下室的门敞开着。他走入带着拱顶的地下室。当眼睛习惯了里面的昏暗后，他见到一口棺材，正安放在拱顶底下。靠墙的凳子上坐着一些哀悼的人们。守灵的烛光在地下室里闪烁摇曳。

一位年轻绅士走上前来对他说："你肯定是让·巴布蒂斯，制鞋学徒吧。我们的主人一直在等待你的到来，可惜你来得太迟了，他昨晚去世了，他托付我们把这本书给你。"

他交给学徒一本古老的书本。让·巴布蒂斯谢了他，在棺木前停了一会儿，就离开了。

他坐到塞纳河的岸边，打开了书本。他在书页之间找到了一封手写的信：

亲爱的让·巴布蒂斯，

我们在这个世界无缘相见了，不过我知道你很贫困。你去你住的房子的地下室挖一下，就会发现一条通道，这条通道通向城市的地下墓穴。在第一个用墙围住的壁龛里有一份宝藏在等着你。好好地利用它！你要永远记住：就算是最聪明的预言家也逃脱不出自己的未来。

永别了！让·巴布蒂斯！

学徒合上书本，赶紧往家里跑。他走入地下室，敲击每一面砖墙。真的，地下室一处墙壁的角落发出了空洞的声音。他往下挖开地面，找到一扇铁制的小门。当他把门拉开之后，一条通往地下通道的楼梯就在眼前。学徒点了一支火把，走进通道，他已经进入到地下墓穴的里头了。他小心地向前摸索，在第一个被围墙围住的壁龛前停了下来。他用手把腐烂的围墙扒开，在那后面，他的手指摸到了一只铁皮箱。他把箱子拖出来，扛回了地下室。在那儿他打开箱子，里面装满了17世纪的法国金币和西班牙金币，一辈子都花不完！不过在金币的上面留着一张字条：

让·巴布蒂斯！把金币分给穷人，不过你会为此上绞架。要抓紧，没有多少时间了！你要一直记住：就算最聪明的预言家也逃脱不出自己的未来。

学徒吓坏了。为什么他把宝藏分给穷人就要上绞架呢？这又不是什么罪！但是，到目前为止，这个预言家所说的一切都准。学徒不敢带着宝藏走上去，这时他听到了地下墓穴传来低沉的声音："沿着这条路！不，要再往前！希望箱子还在老地方。应该再往前一点儿的！"

声音越来越近，有人也在找这些宝藏，现在就在他手

中的宝藏!要是给那些人发现了,他会被打死的,他不能再留在这里。学徒把铁门锁上,用一只很重的酒桶堵住之后就顺着楼梯爬到地面。

1851年7月14日这天,住在巴黎各座桥底下的乞丐们庆祝了一个奇特的节日:他们不但有丰盛的食物,还可以痛饮佳酿。他们都说着一个制鞋学徒把金币分给乞丐的故事,最后警察抓住了他,把他关入监牢。学徒一口咬定,金币不是偷来的而是找到的。警察当然不会相信他的话。只有乞丐们才明白,学徒并没有撒谎。

不过谁又会在意乞丐们的叙述呢?

> > > >

邦贝放下丝巾的故事,他扪心自问,为什么偏偏没有拯救这个男孩呢?对他来讲,让学徒让·巴布蒂斯从警察的手中逃走而不是被关入监狱,是轻而易举的一件事情。

不过,邦贝也才刚刚从来自巴黎的信中得知这个故事发生的地点,而且,还是在一百五十年前。

邦贝又一次把寄自巴黎的信封拿在手里。突然,他愣了一下。他站起来,走去书房拿来放大镜,他久久地凝视着信封上的邮票。毫无疑问:上面印着的年份是1851!

邦贝猜测,他的故事不仅仅找到了该发生的地方,甚至找到了该发生的时刻。不过，真的有可能是让·巴布蒂斯在1851年把这封信寄给了他邦贝吗？

邦贝又想着寄信人的名字：让·巴布蒂斯·柯多涅。"柯多涅"在法语里面就是鞋匠的意思。

他得跟布伦克谈谈。布伦克熟悉邮票的种种，他把邮票收集在集邮本里，而且对自己那些完整无缺的欧洲邮票非常引以为傲。

邦贝拿过来自意大利的信件。这上面的邮票没有问题，邮票是近期的，而且盖着威尼斯的邮戳，邦贝会为布伦克保留这些邮票。看上面寄信人的名字，故事该是被一位女士发现了，一位叫"多娜·塞维亚·克里斯波"的女士。信封上面的字体就像那个邮寄地址一样美丽："贝提尼宫，大运河"。

邦贝拿出手稿，把"威尼斯"填了进去，还有"贝提尼宫"和"多娜·塞维亚·克里斯波"。这是邦贝关于时间的故事：

凝固的时间

威尼斯从古到今制造出的最为著名的镜子就悬挂在贝提尼宫里面。从宫殿的拱顶窗户望出去，可以看到威尼斯大运河的景象。河上有载客的贡多拉平底船，还有运载货物的水上巴士。

而这面镜子里,凝固着一位美丽动人的女孩的影像。

这面镜子里的肖像上面,好像蒙着一张细致的网纹。镜子下方,则放置着一张古老笨重的桌子。每天晚上,就着蜡烛的光亮,桌边都会坐着一位头发雪白的老人和一位年轻却奇丑无比的女子。他们就那样静静地吃着晚饭。

这位头发雪白的老人,是有名的商人克里斯波。那位年轻丑陋的女子,则是他的孙女塞维亚。那么,那位隐藏在精细的网纹后面俯视这奇异一幕的镜中美人,又是何许人呢?

故事开始的时候,商人克里斯波的孙女才刚刚搬入贝提尼宫。除了她,还有一位忠实的仆人,就他们三个住在宫殿里。女孩失去了父母,年迈的商人成了她在家族里剩下的唯一亲人。

当他的孙女越长越大、长到亭亭玉立时,商人召来他的仆人,让他把镜子大厅里的所有镜子都用黑布遮盖起来。在祖父的眼睛里,年轻女孩的动人美丽充满诱惑又无比罪恶。

所以,女孩子在这样一座宫殿长大,却从来没有见过自己在镜子里的影像。她只懂得自己的内在,却对自己外表的妩媚毫不知晓。

有天晚上,秋季的强风吹袭了这座海上城市,给这里带来了灾害。一扇百叶窗从转轴上跌下来,打碎了里面的一层玻璃窗。秋风在宫殿内找到了一条路径,呼啸着刮过大幅的油画,猛烈摇晃着各个房间的大门,又把遮盖着齐人高的镜子的黑布一把扯落。

第二天早晨,当商人克里斯波的孙女来打扫镜厅里的玻璃碎片时,所有的黑布都被吹到了大厅的一个角落。但女孩并没有多在意那些黑布, 她得将碎片一块块拾起,更得特别当心细小的玻璃碎片。

她猛然看见一个女孩就在她的对面,也正在弯腰捡拾玻璃碎片。女孩一下子愣住了,她想:“为什么没人对我提起,这房子里还住着个女孩?”

她坚信自己发现了一个隐藏着的秘密, 所以不动声色,好像并没有注意到那个女孩。她只是悄悄地朝对面偷看,而那个女孩,似乎也同样这样想着。

这两个女孩就共同把玻璃碎片扫拢在一起,并将自己那边的垃圾清理出镜厅。在镜厅的门口,女孩站住了,再一次转过头去。她对着那个女孩点点头,那女孩也朝她点点头。

女孩非常高兴地把玻璃碎片带到楼下的厨房,交给老

仆人。“那个女孩马上也会拿垃圾下来的。”女孩子心里想着。但那个陌生的女孩并没有来。

“你在等什么呀？”仆人问她。

女孩觉得自己被逮到了似的：“我在等你要我把那些从墙上吹下来的黑布也拿来。”

“黑布？从墙上吹下来的？”仆人吓了一跳，“你看到藏在黑布底下的东西了吗？”

女孩想到另外那个女孩，她无论如何不想说出这个秘密。说不定她是偷偷进来的？“我该见到什么吗？”女孩大声问道，“我清理那些玻璃碎片都忙不过来呢！地板上满是玻璃碎片，我哪里还顾得上看大厅的墙。”

仆人相信了她的话。他请求女孩原谅他一会儿，接着就匆匆赶去镜厅。他搬过一把梯子，将所有的镜子都用黑布重新盖起来。盖布散发出微微的悲悯气息，将镜厅原本的欢乐气氛一扫而光。

但是女孩知道，在一面被覆盖的镜子后面，藏着一扇对开大门，在门后面住着一个曾经向她点头的女孩。她到底是谁呢？那孩子到底有着怎样的秘密？为什么她虽然扫拢了玻璃碎片，却并没有被允许拿到厨房里去？还有，为什么祖父直到现在都要把那个女孩藏起来呢？

女孩越来越渴望见到她的秘密朋友，那个被藏起来的朋友。

商人克里斯波留意到了自己孙女的变化。

“她有没有去瞧过那些盖布的后头？”他问仆人道，“我好像经常见到她出现在镜厅的对开大门前。把门锁上吧，钥匙带在身边。在她长大成人之前，我不想让她看到任何一面镜子！”

仆人非常顺从地答应了。

他把镜厅上了锁，随身带着钥匙。但是女孩问他的时候，他还是觉得惊奇。女孩想知道宫殿里面有没有住着另一个女孩，和她一般大。女孩提问时，牢牢地盯着仆人，所以她看到了仆人脸上瞬间惊恐的表情。

有一天中午，仆人正在用人房间午睡，女孩从他挂在厨房凳子上的外套口袋里偷出了那个被禁止出入的大厅的钥匙。

她光着脚丫，沿着楼梯匆匆往楼上奔跑。她一下打开了镜厅的大门，站在里面。但所有的镜子都被盖住了——除了对着大门的镜子。那上面的黑布掉了下来，或许是被风吹落的，因为破碎的窗户上还没有重新安好玻璃。

在那儿，面对着大门的方向，就站着另外那个女孩。她有些犹豫，挥了挥手。接着两个女孩朝着对方奔跑过去，欢呼着张开双臂，充满了再次相逢的喜悦。

当女孩朝着镜子扑过去的时候,另外那个女孩也朝着她冲了过来。突然传来了可怕的破裂声,一阵玻璃碎片的大雨撒落下来。碎片割破了女孩美丽的脸庞。巨大的声响吵醒了仆人和他的老主人,他们急忙赶上来,只看到浑身是血的女孩躺在一堆玻璃碎片中间。

“为什么?”女孩惊恐地问道,“为什么你们要把那个女孩藏起来?为什么我不能见到她的美丽?她在哪儿?你们到底把她怎么了?”

她没有得到回应。老克里斯波因为愤怒和震惊,一言不发。

玻璃的割伤使他孙女的面容被彻底永久地毁坏了。

但是当破碎的镜子被复原的时候,人们发现女孩美丽的影像被凝固在了里头。她的模样透过裂缝织成的网,显得比本人更加神秘。

女孩原谅了她的祖父。但是她坚持他们每天晚上都要坐在桌边,沉默地面对这镜中无邪的美丽,直到镜子里的影像消失。

但这只可能发生在骄傲固执的商人克里斯波真诚地道歉之后,谁让他在孙女的青春美貌中只看到了诱惑和罪恶?

> > > >

这充满痛楚的故事让邦贝不由得回想起自己痛苦的童年。

身体上无数开刀留下的疤痕，让他直到现在还饱受煎熬。邦贝暗自希望,那位痛苦的商人克里斯波可以在有生之年跨越自己内心的冷酷。他的冷酷已经将那致命一击的时刻,永远地凝固在了镜子的裂纹之中。

邦贝当然很清楚,为什么一个人拼命维护内心的美丽,因为他外表有了严重的缺陷。

但也正是他,在这故事里让女孩冲向镜子。他,邦贝,并没有出来阻止。说不定,他也深爱着这个女孩。但他内心深处却酸楚地清楚，这样一位美丽的姑娘是不可能来与他相识的。

邦贝这么想的时候,心里升起了怀疑:是不是向女孩道歉的不该是老商人克里斯波，而更应该是一位叫作邦贝的先生？是他在幕后操纵着一切……

真要是那样的话,那他,邦贝,就必须起程去威尼斯了。他得从头理清这件事。他得全身心地忏悔,直到被凝固住的那一刻慢慢消失——从挂在贝提尼宫餐桌上方的那面镜子里消失。

良知纠缠着邦贝的那一刻，布伦克正坐在他的集邮簿前面，寻找着一张没有盖过邮戳的英国邮票，有维多利亚女王肖像的那种。

他找到一张合适的邮票，用小镊子从集邮簿中夹出来，在邮票背面用海绵沾了点水。希望邮票的背胶还没有干掉，因为他需要将邮票贴在相应的信封上面。

这之后，布伦克又花了些时间查看他的账簿。账簿一再提醒他，这家杂货店其实根本没赚到什么钱。不过布伦克倒不为这事发愁，他反正早就退休了，只是不舍得这家店而已。否则怎么还有机会和别人打交道呢？他又不会干别的。

幸好，邦贝作为房主，并不要求按行市收取租金——旧城房屋的租金可不便宜。他只是想要布伦克跟他做个伴，否则的话，布伦克的什么进口食品杂货店肯定早就开不下去了，不管是零售还是批发。

这么多年，布伦克和邦贝之间的友谊已经有了自己的惯常形式。谁都不会过于接近对方。两个男人之间的默契就是：自己过日子，也让别人过日子。

布伦克早就认识邦贝的父母，邦贝的父母嘱托过他，万一哪天他们都不在了，就麻烦他照顾一下邦贝。布伦克当时毫不犹豫地答应了。

布伦克喜欢这个小小的人儿。邦贝会在他身边颠来跑去，胡乱编着一些故事。他有时看到邦贝受苦，心里也会觉得难受，尤其是他根本帮不上什么忙。“这么弱小的身体，却有这么伟大的灵魂！”布伦克不由得赞叹。

此刻他正把邦贝的邮件放到小电梯里，他停了一下，又把它拿了出来。接着他熄掉店里的灯，锁上店门，走到后屋去了。

第二天早晨，邦贝在电梯里找到了一封来自伦敦的信。来自英国！邦贝万分感谢把信吹去英国的东风。他发现信封上的寄信人那儿模糊一片。接着他打开了信，发现那是自己写的关于蜡像馆的故事。邦贝填上“伦敦”和流经伦敦的“泰晤士河”，又用“维多利亚女王”代替“女王”，用“开膛手杰克”代替“凶手”，用“拜伦”代替“诗人”。所有的一切都那么的天衣无缝。

蜡像馆的故事

在伦敦宽阔的泰晤士河的河岸，矗立着一座非常古老的大房子。

在环绕大房子的围墙里面，有一座世界闻名的蜡像馆，里面的每个房间都站着一些名人的蜡制塑像。蜡像惟妙惟肖,就像是活的！它们是完全按照那些名人的身高相貌做出来的。

有一天,河边来了一个男孩。他坐在堤岸边缘,两腿悬空着晃来晃去。他身上既没有吃的也没有钱。当他看着底下的河水时,仿佛是在考虑,跳下去会不会好一些？

可男孩还是挣扎着生存,对于自己的贫困,他无能为力。

这时,一个矮小敦实的男人走向男孩,他之前已经在留意那孩子了。他脱下礼帽与孩子交谈起来。男孩看上去有些害羞，不过最后还是跟着这个矮小敦实的男人走了。他们沿着泰晤士河岸一路走向那座古老的大房子。他们走入围墙里面,紧挨着大门的就是那男人的办公室。他在那儿脱掉礼帽之后，就带孩子沿着楼梯走向那座地下蜡像馆。

男孩见到第一个蜡像时，很有礼貌地脱下帽子行礼。那个敦实的男人笑了起来:“你不用问候他的！你摸摸看——他们都像鱼那么冰冷,都只是蜡像而已。”

“那我的工作是什么？”男孩问道。

“我的仆人不见了,”结实的男人回答,“他是我的管家,帮我照料这些蜡像。蜡像得保持整洁,穿好衣服,清理干净,就像活人一样。只要上面有一点点灰尘,蜡像造成的幻象就会被破坏。这就是你的工作，我不会亏待你的！”

矮小敦实的男人又带着男孩爬上楼梯，回到办公室里，打开书桌抽屉后，他拿出一些钱来作为预付的工钱。

“这么多呀？”男孩面露惊讶。

“好好用！”男人说着，“去吃点儿喝点儿，买些新衣服。你回来以后，我会告诉你睡在哪里。”

男孩高兴地一一答应，当然也许诺一定会回来。接着他朝市区走去，在一家小馆子里饱餐了一顿，因为他实在是饿极了。吃饱之后他又去买了几身衣服，然后急匆匆赶回泰晤士河边的古老大房子。那个绅士正等着他呢，他指给男孩看楼梯底下的角落，那儿架着一张床。接着他就让男孩开始工作了。

男孩走到楼下的蜡像馆，用鸡毛掸子掸走蜡像脸上的灰尘，又用湿毛巾将蜡像擦拭干净。他整理他们的假发，替他们脸上补了粉，身上洒了香水，连皮鞋也擦亮了。他全身心投入工作，做得很好。他走到诗人拜伦面前帮他梳头发的时候，一个金币滚落在了他身边的地板上。男孩吓了一跳，四周望望：一个人影也没有。金币确实就在那儿，会不会是哪个游客掉的？不过，金币可是掉落下来的——男孩觉得浑身有些不自在了。

他走到维多利亚女王的蜡像面前，很小心地擦拭她的脸,给她重新涂上胭脂,嘴唇抹上红色唇膏。他摆正女王的假发,又抚平她裙摆上的褶子。当他蹲下身子给女王系鞋带时,突然觉得有人轻抚了一下他的头顶,感觉异常清楚。男孩站起身来——什么也没有,有的只是蜡像。会不会是穿堂风让他产生了错觉?不过地下室怎么会有穿堂风呢?会不会是女王的裙摆正好扫过他的脑袋?

男孩决定以后要小心一些。

他走向下一个蜡像。这是伦敦以前恶名远扬的杀人犯"开膛手杰克",他偏偏就站在女王边上。男孩擦拭着蜡像紧握着尖刀的右手,凶手就是用这把尖刀将那些被害人开膛破肚的。

男孩擦干净蜡像的手和握着的刀之后,重新给刀锋涂上血的颜色,要尽量显得逼真,最好让来参观蜡像馆的游客都看得心里发毛!突然,男孩被蜡像握着的真刀割到了手。男孩浑身一抖,他觉得在一瞬间看到那个杀人犯的眼里闪烁着奇特的光芒。

男孩背上直冒冷汗,他把工具包收拾好就往楼上主人那边跑。他需要搞清一些事。

主人办公室的门开着,男孩走了进去。矮小敦实的男人就坐在书桌旁边,但是男孩问他话时,他并没有回答。男孩走近一点儿,摸了摸他的手,吓得马上拿开了自己的手——那手像鱼一般冰冷。男孩摸到的是一只蜡像的手！这到底是怎么一回事啊？

男孩朝大门跑去，门却锁上了。

他尝试把锁砸烂，但是大门的锁非常牢固结实。男孩只好转身，又慢慢地走下楼梯。他听到音乐声飘来，非常热闹！男孩悄悄地靠近地下室入口。

他终于走了进去，发现一群苍白的人正在那儿举行庆祝活动。维多利亚女王第一个认出他来，叫着："你可来了，我的侍童！"她拥抱他，感谢他今天的劳动。

诗人拜伦念了一首短诗献给男孩，诗名叫作《他的服务热情》。

就连"开膛手杰克"那个杀人犯，也对他把刀尖涂得血淋淋的表示感谢，因为鲜血——可以想见，这曾经是他很热衷的东西——可不是随便什么血！当然不是，一定得是人的鲜血才行！"开膛手杰克"夸张地大笑，又赶紧收敛起来说道："对不起，我的孩子，我不是要吓着你。"

男孩完全目瞪口呆。一位仆人送来红酒和面包，还会意地微笑着。男孩受到邀请，也加入了欢庆的行列。他觉得自己进入了梦境。他跳着舞，喝着酒；喝着酒，跳着舞……直到他踉踉跄跄、精疲力竭地跌倒在地板上，脸色灰白地躺在那里。

第二天早晨，所有的蜡像又都直挺挺地立在原来的位置上。一个新的蜡像加入了其中——一个正在河岸边睡觉的小乞丐。

昨天小乞丐去买衣服的店里，站着一位矮小敦实的先生，他问道：“你能收回这些衣服吗？都是我的仆人昨天在这儿买的，可惜都太小了。”

之后他又去了泰晤士河边，那儿坐着一位年轻的女子，正悲伤地望着河水。这个矮小敦实的男人走向女子，一边有礼貌地脱下他的帽子……

> > > >

“Very British！（非常英国式！）”邦贝想着。他非常喜爱英国的犯罪小说和恐怖小说，还有英国式的黑色幽默。伦敦这座城市，邦贝极其向往自己能去游览一下，带上管家，坐着劳斯莱斯。而且邦贝也喜欢故事里流露出的小小的邪恶，他自己受到的一直是循规蹈矩的教育。“否则你要吃亏的！”他的父母叮嘱他说。邦贝要友善。邦贝不要顽固。邦贝不要回嘴。邦贝不要乱发脾气。

那么要去哪儿发泄呢？那些累积的愤怒，那些报复的渴望，就像又苦又甜的巧克力一样。

起码在他写的故事里，邦贝可以随心所欲，让自己也跟着脊背发凉。

写完之后他觉得很满足。

“我可要生气了！”以前他常常对他父母这么说。只是他很快知道了，自己发起脾气来就像个小怪物。所以他父母说得对：否则你要吃亏的！

邦贝传了张字条给布伦克，让他尽快来一趟。布伦克在午间休息时过来了，邦贝给他看那张来自巴黎、上面印着“1851 年”的邮票，又问他这可不可能是真的。

布伦克仔细地看了很久，然后才说道：“我瞧了半天，觉得应该是真的。很有意思的邮票，而且很稀有。你哪儿得来的？”

邦贝只是叹了口气：“对我来说也是个谜。”他并没直接回答布伦克的提问，他还不想透露自己的秘密，因为他觉得向布伦克和盘托出整件事情还时机未到。他知道布伦克热衷于集邮，所以就将之前收到的六个贴了邮票的信封拿了出来，说：“这些邮票，你都拿去吧，收集或是交换，随你。”

布伦克表示了感谢，并问道：“我说，这些邮票我曾经经手过？”

邦贝点点头：“当然啦！不是你将那些信放在我的电梯里的吗？”

“对啊！”布伦克拍了拍自己的额头，“不过，这不就是说，这封信从 1851 年起，经过这么多年……”他没把话说完。邦贝迷惑地点点头：“真是不可思议，想不明白……”

布伦克宁愿保持沉默，悄悄地离开了。

他暗自高兴，昨天最终还是将那枚古老的、印着维多利亚女王头像的邮票从信封上揭了下来，它反正也粘不住了。对这种古老而罕见的邮票，邦贝很容易起疑心。

幸好他有新出的五便士的邮票在集邮簿里。那些邮票在信封上粘得很牢，不会泄露任何秘密。

布伦克重新开了店门，一边往货架补上最近卖得出奇好的鱼罐头，一边招呼着芬格勒太太。这么多年了，她还是抗拒那些超级市场和平价连锁店，只对布伦克的小店情有独钟。

芬格勒太太走到收款机前，付了已经点算清楚的货款，又从购物袋里找出一封信递给布伦克，那是她在果树园的小木屋那儿找到的。布伦克谢了她，把信放到收款机下的小抽屉里，和别的信放在一起保管。

傍晚，就在关门之前，布伦克从抽屉里拿出两封信来，走到后屋。夜晚，又可以看到布伦克坐在他的集邮簿前，一手拿着放大镜，一手拿着镊子。

邦贝整晚都睡不安宁。早餐时他需要很浓的咖啡，浓得必须兑很多牛奶才能喝得下去。他用冷水彻底洗了个澡，好

将身上的倦意赶走。过了一会儿，厨房的小电梯门打开了，捎上来三个小面包和两封信。其中一封来自波斯尼亚①，另一封来自法国。来自法国的是在巴约讷盖的邮戳，肯定是一股吹向东北的风给它指了路。邦贝没再犹豫，先是打开了来自波斯尼亚的那封信，是由萨拉热窝寄出的，应该是一股西北风将它捎去了那里。

邦贝从信封里取出信纸，抚平了，查看究竟是哪个故事偏偏找到了萨拉热窝。接着他觉得喉咙一阵发紧，这是关于奇特的游戏的故事：

奇特的游戏

不是太久以前，一场残酷的战争将萨拉热窝变为一座孤城。从环绕城市的高地上，机枪不断朝城中扫射，住在城里的人，只有躲藏在地窖里才安全。通往城里的道路都被切断了，没有面包，没有肉，没有面粉，没有牛奶——所有物资都不能越过封锁线运进城里。城里的人在忍饥挨饿。

① 即波斯尼亚和黑塞哥维那，简称波黑，首都萨拉热窝。

整个白天，他们只能短暂地离开地窖透一透新鲜空气，但这样做很危险，因为城外山坡上的狙击手会向城内所有活动的东西开枪。

他们使用的是自动步枪、榴弹炮和炮弹。

一天清晨，有个孩子从一扇地窖门里钻了出来，地窖门口堆满了防御用的沙袋。他蹲在地上，挥动着一支棍子——他似乎是在画画。

过了一阵儿，又来了第二个孩子，他是来叫第一个孩子回去的。他问道："你怎么在外面待那么久？你是想玩当靶子的游戏吗？"

"我在画画。"那个蹲在地上的孩子回答。这时一阵爆炸声撕裂了清晨的宁静，邻近的一座房子着火了。那个拿着棍子的孩子大叫着"乓乓"，只用了几笔，就把被炮弹击中的房子画在了满是尘土的地上。

"你疯啦？"站着的孩子叫起来，"你马上进来，山上的人用望远镜会发现你的！"

地上的孩子没有回应。

这时城外的山上又闪过一道耀眼的光芒，接着一栋巨大的高楼被炮弹击中了。浓烟四起，爆炸的巨响摇撼着整座被包围的孤城。

"这下子，"那个用棍子在尘土上画画的孩子说，"这下子高楼被打中了。”他用棍子划过地上画的高楼，在上面捅了一个难看的大洞，高楼一下子灰飞烟灭。

“你倒是赶紧回地窖里来呀！”站着的孩子大声叫道。

“还不行！”蹲着的孩子朝他喊，“我要玩游戏，我现在要玩下一发炮弹打中了工厂！”

孩子在地上画了工厂厂房，又用他的木棍一戳，立刻，一阵尘土扬起。

“乓乓！”他叫着，“咚！”

就在这时，一发炮弹真的击中了外边的工厂厂房，只见一股黑色浓烟卷向天空。

“看到了吗？”蹲着的孩子问，“我还没玩好，不过你看到了吗？我就快要做到了！”

“进来啦！”

“我还没好啦！我一定要玩下去！”

“快别玩了！进来吧！”站着的孩子央求道。

“现在不行！”蹲着的孩子喃喃自语，“现在不行！你见到了，现在不能停下！我都快要做到了！”

站着的孩子快要绝望了，“你到底在地上玩什么，不愿意进来？”

“我在玩打仗，”蹲着的孩子回答，“马上就玩好了！”

“玩好？我问你，玩好什么？”

这下蹲着的孩子抬起头来说:“让我玩吧！我马上就好！”他眼里含着泪水。

“你干吗哭？”站着的孩子问道。

“因为你不让我玩,我就要做到了！”

“我没不让你玩,”站着的孩子说,“我只是想叫你回到地窖里来！你不想被打死吧？”

那个蹲着的孩子生气地把棍子一丢,只好重新回到安全的地窖里。而叫他回去的孩子,也耷拉着肩膀跟在他后面。在地窖里,孩子们的奶奶把他们都揽进怀里。她什么都没问,只是在等着。

“我就要成功了！”之前玩游戏的孩子抽泣着说。

奶奶问:“成功什么呀？”

孩子结结巴巴地问答:“我先是用棍子在地上玩发生了的事,就是画在尘土上,接着我就玩自己想出来的事,然后就真的发生了。我画在尘土上的事情,真的就发生了!

“起先我没注意,不过我在地上画了工厂厂房之后,厂房就真的被炸中了,像我画的那样!这下我知道了,我画在地面上的事真的会发生！完全一模一样!

“我正想要画仗打完了,山上的那些人都回去了,我们又可以去外边玩了,就像从前那样真正地玩!太阳照耀,小鸟唱歌,就像从前一样。我一定要画下来,那样就真的会发生！我就快要成功了……”

奶奶把自己的孙子紧紧地揽在胸前，她并没有哭泣，也没有说话，只是久久地抱着他。接着她抬起目光，见到了另一个孙子难过的样子，便说道：“没关系，他就是那样的，你没做错事。要是我们能挨过这场仗，说不定将来有一天，他会成为一位伟大的画家，因为他相信画画的力量。你做不了什么的；他呢，他除了画画也不会做别的。”

> > > >

那两个萨拉热窝孩子的画面在邦贝脑海里彻底淡出之后，他仍然觉得喉咙发紧，一点儿都没有舒缓。

有多少快乐的画面还没来得及描绘，就被战争摧毁了？有多少美妙的歌声还没来得及唱出，就已经消失了？有多少精美的艺术品还没来得及绽放光芒，就已经毁灭了？

孩子身上有多少蕴藏着的伟大思想，被扼杀在了战争之中？

“战争是万物之父”[1]，曾经有一位伟大的哲人这样说过。但是年轻的邦贝并不同意，因为有哪个父亲会谋杀自己的

① 古希腊哲学家赫拉克利特曾说：“战争是万物之父和万物之王。”意思是创造就是毁灭，毁灭就是创造。

孩子?

邦贝还没有心情马上打开第二封信,他坐着电动椅,一直来到阁楼的天窗底下,出神地看着窗外。天空阴沉,满布乌云。邦贝一直待在窗前,他在哭泣。

他尽情地哭泣,直到夜幕降临,才回到床上,在毯子下蜷成一团。犹如一个孩子一般,他堕入沉沉无梦的睡眠之中。

来自法国巴约讷的信没有打开,就那样躺在厨房的桌上。

第二天,邦贝吃完早餐,撕开了寄自巴约讷的信。他终于笑了。他露出笑容,是因为里面的故事比昨天的那个更令人宽慰。这是他写的洋娃娃的故事,故事找到了法国,所以邦贝将故事名字改为:

逃向巴黎的洋娃娃

银色海岸是法国西南的一条狭长海滨,由细沙和高高的沙丘组成,连绵延展在北面的阿卡雄和南面的巴约讷之间。在这里,大西洋的滔天巨浪澎湃地冲刷着海滩。

一个周末,一对来自巴黎的夫妇带着孩子来到海边,他们想逃离大城市的紧张生活,来享受一下清新海风的吹拂。春天已经来临,一股海风卷起细沙贴着地面前行。大风吹散一个又一个沙丘，又扬起浪花的泡沫，细雨般地洒回地面。孩子跟着父母，踏着细沙，悠闲地散着步。她穿着厚实的红夹克，总是走着走着就落在了父母的后面——因为她在寻找各式各样的贝壳、蜗牛壳和光滑的石块。

孩子的父母边走边说话，他们完全沉浸在交谈之中，让孩子走出了视线。等他们想起来转过身时，孩子已经不见了踪影。大人们吓得脊背发凉，他们高声呼喊着女儿的名字，但是没有得到回应，他们只好急忙往回赶。最后，终于在沙丘之间见到了那件红色的夹克。孩子的父母舒了一口气——他们的女儿正全神贯注地坐在沙地上玩耍。

“你怎么坐在这儿了？”母亲问道。女孩没有抬头，只是回答道：“我要医好它们！”

孩子的父母互相望望。接着，父亲想让孩子放弃这样的想法，便说：“小家伙，这些贝壳已经空了，蜗牛壳里也没了蜗牛，你医不好它们的。”

女孩抬起头来说：“因为发生了事故。”

“你没弄疼吧？”母亲问道。

“又不是我发生事故！”女孩没好气地回答，“是我的小娃娃，就在这儿，看看！”

女孩说着举起一只娃娃的胳膊，只有一只胳膊：“瞧！断掉了，我要把它修好！”

父亲正要说“好啦，就一个娃娃，修好了过来吧”，但是话没有说出口，因为整片沙滩都是洋娃娃支离破碎的身体：这儿露着一只粉红色的小胳膊，那儿有些个小腿叠在一起，另外还有小身体和小脑袋。看上去像是有几百个小洋娃娃被海浪冲到了岸上。女孩捡了一只胳膊又一只胳膊，一条腿又一条腿，一个脑袋又一个脑袋，一个身体又一个身体。她正把洋娃娃一个个安装回去。

“你们怎么啦？”女孩边干活边问，安慰着她手中的娃娃，“妈妈这就来把你们治好！”

她把修好的娃娃重新放在面前的沙地上，地上的娃娃越来越多，一下子就超过了十个，她全都修好了。孩子的父母手足无措地在边上望着，这个洋娃娃的“墓地”让他们有些烦恼——即使只是些洋娃娃的小胳膊小腿，粉红色的塑料零件。那中间就坐着他们的孩子，非常耐心地要把它们都拼凑起来。现在有十五个了，都光溜溜、粉嫩嫩地围着孩子坐在沙地上。要是女孩不停地干下去，马上就会有更多更多了！

“你们到底出了什么事呀，小宝贝？”女孩一遍一遍地问着。洋娃娃们没有回答，只是微笑着。

“会不会是从船上掉下来的？”孩子的父亲想到一个解释。

“从船上？”女孩问，“那它们该穿救生衣啊！”

“说不定是在游泳的时候被海浪卷进大海里的。”

“游泳？那它们该穿上游泳衣的！”

“也可能是暴风雨把岸边的小店冲到海里去了。”

“可洋娃娃怎么会不穿衣服、胳膊腿儿拆开来卖呢？”

不管父亲给什么解释，女孩都有理由反驳。修了二十四个娃娃之后，女孩抬起头说：“有个地方在打仗！”

“乱说！”父亲回答，“谁会和洋娃娃打仗呢？”

“那又是谁把它们的胳膊扯下来的，还有腿和脑袋？”女孩生起气来，大人只好不作声了。孩子还是不停地修理着娃娃。

她终于表示奇怪了：“你们为什么不来帮帮我？”

“我这就来帮你。”父亲说着，去收集那些娃娃的零件。

母亲这时想到了一个问题，她小心翼翼地问：“这些你不是都想要带回家去吧？”现在差不多有三十个洋娃娃微笑着坐在沙地里了。

“它们总得有个地方去吧？”

“想都别想！”母亲一口拒绝，“你的房间里已经到处是大娃娃小娃娃了。”

“但是这里的娃娃都回不去了！”孩子叫起来，“你瞧瞧，他们都对我的小娃娃做了什么哟！”她边说边举起一条瘪掉一块的粉红色的腿。

“家里可没有地方放！”母亲还在继续说，但看到孩子露出受伤的样子，她沉默了，觉得好像做贼给逮住了一样。

“哦，我能找到的就这些了！”父亲把一些散落的娃娃零件都放在他女儿面前的沙地上，孩子将它们都拼凑了起来。

傍晚，从巴约讷驶向巴黎的汽车后座里，坐着四十三个光溜溜、粉嫩嫩的洋娃娃。女孩子带着开心的笑容，在汽车后座里睡着了。在她怀里，也坐着一个娃娃，只是少了一只胳膊和一条腿。

> > > >

邦贝很为女孩骄傲！他一直希望能有自己的孩子，但到目前都还没有遇到一位女士——一位有血有肉的女士能喜欢上他，所以邦贝只能在故事里做着他的儿女梦。

邦贝尤其喜欢这个来自巴黎的女孩，因为她是一位救星。有时邦贝甚至会为故事里的孩子取名字。这个女孩就叫奥迪儿，不过，这只有邦贝自己才知道。

说不定他会找个时间告诉布伦克他这些孩子的故事——布伦克很善于倾听。

而且布伦克从来不会嘲笑邦贝的异想天开。因为身体的缺陷，邦贝只能经常逃离现实，沉浸在自己的故事和梦想之中。

邦贝心里很清楚，一定会有那一刻的到来，他将所有事情对布伦克和盘托出。他这才想起来，自己还没有谢谢布伦克送来的红酒，那瓶酒给了自己一夜酣眠。

这时候，布伦克正坐在店里，念着邦贝的那些乘坐着热气球又很快就搁浅了的故事——那是芬格勒太太从果树园里捡来的。他越读下去就越感觉到，邦贝怀着一种不可遏制的渴望，想改写他所知道的人间惨剧。在那个矮小扭曲的身躯里，埋藏着一个伟大的愿望，要将这个世界从冷酷残忍之中解救出来。布伦克也察觉到了，邦贝同时也想要拯救自己。因为布伦克正念着的故事，发生在历史上的一个时期。那时候，集中营的医生会将侏儒杀掉，而这完全不是为残疾人的生命安危着想。

布伦克经过深思熟虑，决定给这封信贴上波兰邮票，并盖上波兰邮戳。他想起波兰城市斯武比采，这座小城与德国奥德河畔法兰克福只有一桥之隔①。这邮票应该很合适。

---

① 二战结束，德国战败，英法美联军以奥德河为界，将河东的土地划归波兰和苏联。德国还有一个更加有名的城市法兰克福，是欧洲的交通枢纽中心，全名为“美因河畔法兰克福”。

第二天一早，邦贝在厨房的小电梯里发现了两封信，一封来自波兰，另一封则来自霍亨特里①。

来自波兰的那封信上盖着斯武比采的邮戳。邦贝查看地图——那是他在吃早餐时经常看的，他看到斯武比采在奥德河畔，就在波兰和德国的边境线上，奥德河畔法兰克福的对岸。邦贝将河流的名字填入他的故事，他发现幸运之神再一次将他的故事带去了合适的地点。邦贝觉得很开心，因为这是一个关于幸运脱险的故事，名字叫作《玻璃的河流》。邦贝在故事里给地点留空的地方加上了“奥德河”和“斯武比采”。

玻璃的河流

斯武比采城的南面是盆地和沼泽，老一辈人对那里都没留下什么美好的回忆。只有静静流淌的奥德河才知道曾经在拦河坝背后发生的故事：那是在黑衣死亡天使统治的时期——他们自认为是天使，全身黑衣，佩戴着骷髅头的徽章，踏着黑色闪亮的漆皮长靴。他们所到之处，都会弥散着一股冰冷的死亡气息。

---

① 位于德国西南部巴登-符腾堡州，是一座死火山。

就在那个时期的一天，奥德河听到了一列火车开来的奇特声响，听上去像是一群孩子噼噼啪啪的脚步声，那是一种匆匆忙忙、踉踉跄跄、精疲力竭、完全失去方向的脚步声，他们像是被人追赶着似的在向前奔跑。在他们身后，回响着黑色闪亮漆皮长靴的步伐声，黑衣死亡天使正在推搡着他们往前。

到了奥德河边，火车停了下来，这下河水看清楚了，被黑衣死亡天使驱赶着的，正是一群孩子！

隆冬季节，他们却光着脚丫子！他们有着成人的脸，但长相奇特，剪着短短的头发，骨瘦如柴的身上穿着单薄的囚衣囚裤，眼中充满恐惧。

“往前走！不要停下！”

黑衣死亡天使的吼声犹如他们的皮靴声一般生硬似铁。他们全副武装，也只有他们才知道旅程的终点——他们要把孩子们赶向一个露天矿坑，要不了多久，矿坑看上去就会像一片普通的洼地了。孩子们被棍棒驱赶着，沿着奥德河岸拼命向前跑。摔倒的孩子被还能跑的孩子搀扶起来，躺着不动就等于送死。

黑衣死亡天使毫无怜悯之心，他们只服从命令。天使总是听话的，就算死亡天使也是如此！没有力量能动摇他们完成使命的决心，那就是将孩子们赶往终点。他们心中

恐惧的阴影同时也催促着他们的脚步,道路布满霜雪,寒冷已经将他们跳动的心脏紧紧包裹。快到矿坑时,传来一声“停下”的命令。孩子们听话地站住了,他们瑟瑟发抖,轮流跺着自己的双脚,将双臂抱在胸前取暖。生命的温热已经不复存在了吗?

黑衣死亡天使站在路边,燃烧的烟头在黑夜里闪烁,金属碰撞发出铿锵之声,他们需要稍作喘息,因为前面还有最艰难的事在等待他们。他们自己也有孩子,所以他们喝着军用水壶里的烈酒,让酒精的辛辣冲走这次任务带来的罪恶感。所有的孩子则站在河堤上,在冷风中浑身颤抖。

这时奥德河的河水流淌得缓慢下来,仿佛河水也屏住了呼吸。黑衣死亡天使冰冷的倒影没有放过河水,它拖慢了河水的流动,让水流停滞不前,又抚平了水上的波纹。河水流动得如此缓慢,水凝结成了冰,冰块越变越大,互相挤压着向岸边伸展。硕大的冰块摩擦碰撞,冲击着石头建成的拦河坝。玻璃的河流缓缓地朝着下游流去,四周浓雾弥漫。

黑衣死亡天使还在岸上吸着烟,他们是在进行最后的休整。接着,就该把孩子们赶往露天矿坑了,剩下的时间已经不多。

黑色漆皮长靴已经在踩熄烟头,奥德河里的冰块越变越大,越积越厚,一整片一整片地向四周扩张。

冰面已经厚到足以承托一个瘦弱的孩子,但对一个成年人来说还是太脆弱了。

厚到可以承托一个孩子?

不足以承载一个成年人的重量?

瑟瑟发抖的人群开始暗暗骚动,已经有第一个孩子走上冰面,第二个孩子盲目地跟了上去。突然之间,所有的孩子都跳到河面的冰块上,恐惧和绝望将队伍中最后一个孩子也赶到了摇摇晃晃的结冰的河面。

从岸上传来了咒骂声,但是浓雾深锁,伸手不见五指,黑衣死亡天使射出的子弹瞄不准目标。

冰下的河水重新获得了流动的力量。黑衣死亡天使努力尝试踏上冰面, 但是冰块在黑色漆皮长靴下迸裂开来。冰块拒绝了士兵,只是将孩子接走。

河上的孩子正被带去沼泽地,那是一片无法逾越的洼地,水流正把他们带向那里。

但是冰霜之父在沼泽地为他们铺好了道路和桥梁,孩子们一路来到住在沼泽边的农民和渔民的小屋,那里的人们接待了孩子们,将他们藏了起来。在那些简陋的小茅屋里,贫苦的人们帮助孩子们继续远走高飞,逃离黑衣死亡天使的魔爪。

第二天一早，雪开始融化，那些昨天深夜冰雪凝固成的道路和桥梁，已经不能够再让任何追捕者穿越通行。

＞ ＞ ＞ ＞

是的，邦贝太知道为什么在故事中他让河流还有冰霜之父去拯救那些孩子了，因为在那时候，其实大部分平民并没有对集中营里的孩子伸出援助之手，他们不想牵涉其中，宁愿视而不见。

只有极少数正直的人出来反抗，而那些挺身而出的人，很多都付出了生命的代价。

邦贝叹了一口气，因为他确定如果他生在当时，一定活不了。他想起一位荷兰的侏儒老师亚历山大·卡坦，他的人皮被做成灯罩，一直到今天还放在纳粹集中营博物馆里，作为那个残酷时代活生生的见证。邦贝想到这些就四肢发抖，浑身直起鸡皮疙瘩。

他知道自己为什么向往更加遥远的过去：他宁愿做一个贵族宫廷里的小丑，成为人们嘲弄的对象，也好过生活在一个只容许完美者出生的时代和社会①，根本不能容忍小

---

① 纳粹德国推行种族主义政策，认为日耳曼人是最优秀的种族，其他诸如犹太人、吉卜赛人，或是身体残缺者都必须予以消灭。

丑的存在。

邦贝对那些著名的小个子宫廷小丑的名字如数家珍：海德堡城堡的佩克，布鲁塞尔克拉维拉大主教的斯坦尼斯劳斯，佛罗伦萨美第奇家族的莫甘特，阿如德伯爵夫人家的罗宾，英国玛利亚王后的哈德逊爵士，西班牙国王菲利普四世的德莫拉……

法国科学院的成立不就归功于朱利·阿格尼斯的宫廷小丑安东·哥度吗？他后来成了格拉斯教区的大主教。

这位格拉斯教区的主教大人住在法国的普罗旺斯，他不但天资聪慧，而且是一位伟大的诗人。他也正是邦贝心中的秘密偶像。这个身材矮小的诗人有一回说："写作是作家的天堂，而第一次的修改就是炼狱。"现在邦贝不正是在对他的故事作第一次修改吗？

说不定邦贝想了这么多，只是为了在心里为自己的第十个也是倒数第二个故事做好准备。还有两个故事没有回来，邦贝非常有把握，其中的一个就是关于宫廷小丑的。第十一个也就是最后一个故事还没写下来，它得自己述说。

哪个故事正在未打开的信中静静等待呢？信来自霍亨特里，这个地点已经暗示了这是关于小丑的故事，除非偏偏就是它还没有在合适的地方落脚。

邦贝打开信封，他并没有失望：他找到了关于红袜子、黑袍子的故事。

红袜子、黑袍子

在斯瓦比亚地区的津根那儿，霍亨特里山高耸在一片平原之上。那里以前住着一位伯爵，他从牲口栏里赶走农民的牲口，又清空了他们的谷仓和地窖，农民们变得一贫如洗，失去了所有的口粮和可以播种的种子。一场大旱又紧接着降临。

农民和牲口都在忍饥挨饿，牛倒毙在草地上，猪死在猪圈里，连兔子也瘦了一大圈。只有乌鸦越来越肥，它们成群成群黑压压地飞来，好似喧闹的送葬队伍，绕着干裂的土地进行死尸的盛宴。

这些都被一个农民的孩子看在眼里。他也像那个时期的许多孩子一样，因为营养不良长得非常瘦弱。男孩心里觉得奇怪：周围所有的人都快饿死了，只有那些乌鸦和霍亨特里伯爵太平无事。

谁也不敢触犯伯爵，但男孩想：要度过这场饥荒，就得跟乌鸦学学，否则很快自己也会死的。他披上一件黑袍子，又穿上红色的长袜子。他就这样和乌鸦一起坐在一棵树上,静静地观察着,学它们说话。

快天亮的时候,他听到乌鸦正要派侦察兵出去:“哪儿又有丧事了?去瞧瞧,晚上是不是有什么东西死了!”

侦察兵出去飞了一圈,回来报告说:“草地上死了一头奶牛,猪圈里还有一只猪饿死了,村子后面还有一匹垂死的马。”

接着整群的乌鸦飞向天空,当它们再次降落时,死尸的宴会开始了。

现在男孩已经学够了。他跳下树,在头上披上奶牛的皮,躺在一道栅栏后面。乌鸦马上就飞来了,想要啄食他的眼珠。

“喔唷!”男孩大叫一声,一把抓住一只最肥大的乌鸦,把它穿到烤肉铁叉上,其他乌鸦都吓傻了。

第二天早上,男孩披上马的皮,躺在路边的排水沟里。乌鸦又马上飞来,要吃掉他的眼睛。“喔唷!”男孩大叫一声,又抓了一只最肥大的乌鸦,再一次烤来吃,反正总比没东西吃要强多了!

乌鸦害怕极了。“我们不要和他作对了,”它们说道,“不如来听听他到底要我们干什么!”

男孩听得懂乌鸦的对话,所以他又爬到树上。

“你干吗要吃我们？”乌鸦问他。

“因为我肚子饿扁了。”男孩回答。

“你为什么不去找你的同类要吃的？”

“我的同类都在挨饿，他们没什么吃的。”男孩说。

“不对吧！”乌鸦都喊起来，“霍亨特里伯爵，那个坏心肠的人，他的地窖里和牲口栏里都是满满的，谷仓里也装满了玉米，他不是你的同类？不也是个人？”

“他是个伯爵！”男孩强调说。

乌鸦讨论了一下，然后向男孩提出一个建议：“我们把伯爵交给你，以后你得放过我们。”

“好啊！”男孩回答，“要是你们说话不算数，你们大家最后站的树枝就是我的烤肉叉！”

乌鸦叽里呱啦地说：“别担心，我们说话一定算数！”

男孩放过乌鸦，自己在树上等着。

真的，伯爵骑着马来了，他一直骑到树底下才跳下马，冲着树上喊着：“喂，你！你这个红袜子傻瓜，你在树上干什么？你是谁？快说！”

男孩朝着树下叫：“我是乌鸦王，我正等着你呢！我现在命令你，把谷仓打开，把粮食分给正在忍饥挨饿的老百姓！”

伯爵讥笑道：“树上的小丑说什么要做乌鸦王？一个小

丑胆敢命令他的伯爵？”他说着拉开弓，把箭对准了男孩。

这时从天上飞来一大群乌鸦，朝伯爵俯冲过来。乌鸦群起而攻之，拼命啄着他的全身，伯爵无力反抗。“把乌鸦叫走！”伯爵惨叫道，“我们有话好说！”

乌鸦这才放了他。

但是，伯爵却用马靴的靴刺猛踢马肚子，嘲笑着扬长而去。马发力狂奔，直跑得口鼻吐沫。

男孩跟乌鸦做了个手势，它们比马还要快，而且数目众多。马受了惊吓，把伯爵摔下马背。伯爵四脚朝天躺在地上，一动不动，直到男孩走近。男孩把坏心肠的伯爵双手捆在背后，拿条麻绳牵着，一路走向霍亨特里城堡。在他们的头顶，盘旋着一群乌鸦。

一路上，男孩召集了大批的百姓，让伯爵向他们宣布：打开谷仓，归还以前搜刮的粮食；牲口栏也要打开，让饥饿的农民重新有肉可吃；酒和水果汁也从地窖里拿出来分给大家；玉米和种子又能回到农民的手里。

一大群人拥进城堡，他们中的一部分人不由得担心起来，因为一个小丑对着伯爵发号施令不可能是长久的事情。但是饥肠辘辘赶走了农民的恐惧，最重要的还是先对付眼下。

伯爵望着一直在天上盘旋的乌鸦，只好听命于男孩的吩咐。

当伯爵将所有从农民那里搜刮敲诈来的东西都归还之后，男孩才解开了绑他的绳索。伯爵搓着僵硬麻木的双手，心里渐渐升起了愤怒。但男孩只是默不作声地指指头顶上的鸦群。

“好吧，”伯爵说道，“就算你是个小丑也该明白，一个人不可能绑架了伯爵之后还能安然无事！你自称乌鸦王，也给了我一个教训，让我明白小丑也有他的职责和价值。但是伯爵可还是伯爵！所以我现在要将你困在一座山上，只有待在那里你才得以保命。那里就是你的地盘。因为你去向乌鸦求救，所以它们也要陪你困在山上。”

男孩同意了。从那之后，扮小丑打败伯爵的男孩待着的那座山被称作“乌鸦山”。他的红袜子、黑袍子的身影，也会经常在那里出现。

有人甚至还说，他直到今天还在那里。不过有一点可以肯定，乌鸦对那片属于它们的土地一直非常忠诚。

＞＞＞＞

邦贝对农民的孩子战胜了伯爵感到非常欣慰，而且他还记得那个男孩的名字——“乌鸦山的小丑”。直到今天，他在当地还备受尊敬。

不管怎么说，那时候小丑还能有个栖身避难的地方，一个“矮人”也可以成为主教。邦贝是不是有了足够的理由去向往那遥远的过去？

邦贝拿起他的故事，放入漂亮的档案夹里，他在封面写上：**下落不明的故事**。

十个故事已经回来，十个故事找到了它们落脚的地方和让它们复活的主角。现在就剩一个故事了，那个还未写下来的该自己述说的故事。

邦贝知道十一个著名的小丑，他的书里得收集十一个故事，这样他就可以装订好十一本小书，寄给那些不管路途远近都把他的故事寄回来的人们。

也是时候把秘密向布伦克和盘托出了；还要和他一起翘首等待，分享最后一个故事的喜悦。

邦贝发了一个邀请给布伦克。布伦克马上回了字条表示遗憾，因为他正在生病，头疼，今夜看来是不行了。不过他说这个聚会只是推迟而已，并非取消。

但是布伦克的头疼并没有立刻好转，所以一天接着一天、一个星期接着一个星期，邦贝坐在阁楼窗前的时间更多了。他望着窗外鳞次栉比的屋顶，心里并不愿意承认，自己是在等待那封装着最后一个故事的来信。故事难道真的会——像是还一直系在热气球上一样——突然飘入阁楼的窗口，好一解他的等待之苦？

但是他热切盼望的那最后一封信既没有从阁楼天窗飘进来，也没有由厨房小电梯带上来——来的只有账单。

然而，邦贝始终相信好事终将发生，他的故事不是一直随着热气球漫游，最后又都回到了他的身边吗？所以邦贝仍然满怀希望。

与此同时，邦贝非常为布伦克担心，这段时间几乎见不着他，好像他是在故意躲着邦贝似的。

邦贝最后决定，自己费些力气走下楼梯，去布伦克的店里瞧瞧他到底是怎么了。

邦贝从杂货店的后门进去的时候，看到布伦克和芬格勒太太正在谈话，芬格勒太太也是他自小就认识的。

但是当他一走近，两人就沉默了，所以邦贝感觉到了，他们是在议论他的事情。

邦贝愉快地跟他们打了声招呼，接着说明他需要买瓶酒，最好是1992年的“新教皇堡”。布伦克马上起身去检查货架，那里果然还有三瓶美酒。布伦克说：“我可以给你放在小电梯里的，你不用特意走下来拿。”

“要的，要的，”邦贝回答，“我还一直希望你能尽快接受我的邀请，所以我还需要一瓶上等的干邑白兰地和一匣雪茄，我知道你抽雪茄。”

布伦克面色尴尬，却还是满足了邦贝的要求。

他看上去不太好啊，邦贝心想。他又问：“今天没有信吗？”

布伦克遗憾地摇摇头，邦贝只好又沿着楼梯回到楼上。

小电梯比他早得多抵达了楼上的厨房，里面放着红酒和干邑白兰地，还有一只小木匣，装在里面的雪茄正散发出诱人的奇香。

邦贝的个性不能忍受等待，所以他白天都在跟着地图册神游。他努力回忆着，回忆自己在阁楼的窗口送走最后那封信时的情景，回忆当时的风向。

在邦贝的内心，他现在就只为了这个最后的、没有写下来的故事而活着。

悄无声息在城市屋顶掠过的猫头鹰从邦贝的阁楼天窗看到有烟雾飘散出来。邦贝开始抽上烟了。之前特意为布伦克买的雪茄如今化作一团团蓝色的轻烟，升上了这座城市的屋顶。就在邦贝跟布伦克订购第二瓶干邑白兰地之后，布伦克心里已经明白，邦贝情绪低落，所以在借酒浇愁。

邦贝脸上有了黑眼圈，而且又开始胃口全无了。布伦克根据邦贝订购的用品，就能了解他的精神状况。所以他也清楚地知道，邦贝是在苦苦等待他的最后一个故事。但是布伦克帮不上忙，因为他还没有得到随热气球飘出去的那个故事。这两个人就这样静静地等着最后一个故事的归来，各自有各自的心事。同时他俩都因为时间缓慢的流逝而精神不振，也因为自己渐失耐心而苦恼不已。

邦贝很确定，第十一封信上的地址也写得非常清楚：布伦克杂货店。而布伦克也非常确定，邦贝如此糟蹋自己矮小脆弱的身体，很快就会撑不下去的。

但不管是邮差，还是芬格勒太太，都没能结束这场漫长的等待。

布伦克每晚都坐在他收藏的邮票面前。那上面，全欧洲的邮票都已经做好了准备。邦贝则坐在楼上的阁楼天窗前，用满布血丝的眼睛凝望着窗外的夜空。有些时候，干邑白兰地会让他慢慢合上眼睛，打一个盹儿，不过夜晚清凉的空气又会将他重新唤醒。邦贝会吓一跳，赶紧检查自己的雪茄是否还点着，对于一栋老房子的木梁阁楼来说，这可是非常危险的事。邦贝得赶紧戒了雪茄，只要一想到自己孤零零地窒息，死于雪茄烟引起的暗火，他就冷汗直冒。他无论如何得等到他的故事归来，那个自己述说的故事。

一天夜晚，月光特别皎洁明亮，邦贝从打开的天窗探出头去，就如同一块海绵，吸收着夜晚的各种声响。

蝙蝠灵活的飞行让他惊羡不已。它们可以如此急速地转变方向，有时从他的头顶呼啸而过，似乎伸手就可触摸。

猫头鹰能无声无息地靠近也让他惊诧万分，只有它们

的影子从头顶悄声掠过后才能够被人觉察。他凝望月亮，看着月光犹如牛奶一般流泻在屋顶上。就在这时，他发现了天窗外不到两米的地方有一块白斑。

邦贝凝神一看，有个东西粘在屋顶瓦片上面，正被晚风吹动着，却没被吹走。

突然之间，干邑白兰地造成的昏沉被一扫而光，邦贝认出了那正是他日思夜盼的信封——原来，那块瓦片上面的白斑就是被雨水淋湿浸软的热气球的绸纸，还有，他听到那个轻轻敲击瓦片的，应该是气球上的小小蜡烛盒。

邦贝尽力从窗户探出身子。为了看得更清楚，他竭尽全力地盯着那块白斑，直看得自己两眼发酸。他最后的那个故事，只由白纸组成的故事，先是被放飞去了广阔的世界之中，之后又是那样热切地被期盼着，现在却粘在了屋顶瓦片上面！有谁知道，它已经在日晒雨淋中度过了多长的时间？

邦贝抓起他的拐杖，在窗户底下放上一张小板凳，钻出了天窗。但是拐杖够不到那个地方，邦贝得把身子更向外伸才行。他的一条腿已经踩在屋顶上了，一只手紧握着拐杖，另一只手则牢牢抓着天窗的窗框。

还差几厘米，邦贝就可以用拐杖的手柄钩到热气球上那些绑信封的线了。他就要够到了，脚却开始在屋瓦上面打滑，突如其来的剧痛让他放开了窗户边框，邦贝一头栽了下去，他条件反射地抓住了那个信封，好像这么做就可以阻止自己滑落下去一样。接着他失去了知觉。

正在看邮票的布伦克被屋顶上传来的一阵碰撞声吓了一跳，紧接着又是砰的一声闷响。布伦克冲到门外，一眼就看到躺在巷子里一动不动的邦贝。他的手里，还紧紧攥着一个完全淋湿的信封。邦贝还有一口气。布伦克大声呼救，直到左邻右舍开了灯，报了警。

之后，一切都发生得很快。邦贝被抬上救护车，车子一路鸣笛一路闪着蓝灯将他送去了医院。布伦克吓得不轻，所以直到他重新回到屋里才发现自己手里一直攥着邦贝的那个信封。

布伦克惊魂未定，甚至没有察觉到厨房里站着警察。他们是来拿钥匙的，以便去邦贝的房间检查，看看能不能找到什么线索，了解邦贝怎么会这么不小心跌出窗外。

直到一个警察按了按布伦克的肩头，他才稍稍回过神来，跟着两个警察走上了邦贝的房间。

他们在书桌上找到一本打开的地图册，还有半杯咖啡，接着走上阁楼，那里放着一个装满了雪茄烟蒂的烟灰缸，边上还有一张板凳，一个几乎喝光了的白兰地瓶子。

烟灰已经冷了，阁楼的天窗敞开着，没有任何打斗的痕迹。

两名警察请求布伦克不要去触动屋子里的任何东西，以便第二天白天犯罪调查科的人员可以来现场采集证据。

警察离开之后，布伦克再次走入邦贝的房间，在地图册的下面发现了一个硬纸板的档案夹，上面写着：下落不明的故事。

布伦克把档案夹带到自己的房间，收拾起集邮簿，打开夹子，找到了他的顾客们在一年里陆陆续续给他送回店里的所有故事。

他也找到了十个已经打开的信封，上面有他自己亲手写下的寄信地址，每次都用了不同的笔迹。因为邦贝放飞出去的故事都降落在了这个城市的附近，所以布伦克就成了唯一一个能够满足邦贝愿望的人。他又看到了那些邮票。就是那些邮票，使得邦贝对于故事能够自己找寻地点的浪漫信念变得非常确定。他检查着邮票上面的邮戳，那是他用一个白煮蛋从邮票上面转印下来又盖到邦贝的信封上面的。

现在他的手里还有一封没有打开的信，没有邮票，也没有邮戳。

布伦克撕开信封，看到了邦贝写的信，那是他已经知道的，另外还有四张空白的纸。

就是这四张白纸，让邦贝满怀饱含绝望的希望！布伦克渐渐体会到了，那个小小的诗人邦贝做了一个怎样大胆的尝试。

明天——不！应该就在今天，布伦克得引导犯罪调查科的警察去寻找一种可能：屋顶上也许有绸纸和蜡烛。或许那可以解释邦贝跌落的原因。

天快亮的时候，布伦克去浴室洗了澡，刮干净了胡子，换好衣服，在店门上挂了一块牌子：今日休息。接着他就出发前往邦贝住的医院。

邦贝躺在重症监护室里，脸上罩着氧气罩，各种仪器摆在身旁，软管连接他的身体，人工呼吸器发出粗重的声响，两个监视器显示着他的心跳和脑电波。邦贝正在生与死之间挣扎着，布伦克不能进去探视。

布伦克告诉护士他的身份，他还是一如既往地遵守着对邦贝父母许下的诺言。如果情况有变，请无论如何都要通知他，护士记下了他的名字和电话号码。

布伦克闷闷不乐地回到家里。因为不知道怎样度过这段令人担忧的时间，他重新打开了邦贝的故事夹子，想从里面重获一些愉悦的心情。

他念了所有的故事，他也看出了邦贝故事里所要表达的意思，他从没感觉过如此地接近邦贝、认同邦贝。就在这时，他接到了电话——邦贝在和死神的搏斗中，最终还是失败了。

布伦克完全呆住了。他愣愣地坐了两个小时后，才站起身来，为邦贝点亮了一支蜡烛。他站在桌前，神志恍惚地倒了一杯红酒，举杯和他的朋友道别，祝愿他的灵魂能顺利地到达彼岸。这个伟大的灵魂，终于抛开了锁住他的弱小扭曲、充满痛楚的躯壳。之后，布伦克从夹子里抽出了最后那个故事的四页白纸。他拿出一支钢笔，因为这个故事需要用一支真正的笔和墨水写下来。

布伦克之前还从未尝试过将故事写在纸上，他也不觉得此刻自己成了作家，他反而更加觉得，自己正在向他的朋友致以最后的敬意。他只是为这个自我讲述的故事服务——将故事誊在纸上。

蜡烛静静燃烧，布伦克这样写道：

在梦境的对岸

邦贝睁开眼睛，几乎不能动弹地躺着，他不知道自己身在何处。他的手臂插着吊针，头上悬着药水瓶子，药液在晨光之中发着微弱的亮光，一滴一滴往下流入软管之中，正如时间在一点一点流逝。他窄小的胸口可以感觉到输液的软管，他试图坐起身来，却又立刻倒了下去。

他的身边传来一个男人的声音:“你得喝点儿水,润一润嘴唇!”邦贝的嘴触到了一只杯子,他一小口一小口地喝着,之后就闭上了眼睛。他再一次看到了阁楼的窗户。他从窗口爬了出去,一只手紧拉着身体,另一只手将拐杖推上屋顶。他似乎是在寻找什么,要去够一个白乎乎的东西。邦贝还记得自己滑落时的感觉,那手里针刺一般的疼痛,但他还是一把抓住了信封。

之后他看到了许多陌生的面孔:“静静地躺着!不要动!救护车就来了!”

“刚开始是口渴极了。”他身旁的声音在绿色的晨光中响起,这晨光是带着气味的——有着水草和大海的味道。

“睡吧,”身边的声音又说,“睡吧,静静地躺着睡觉。”邦贝突然觉得自己成了一个小孩子。

“不行啊,”他嘟囔着,“我在哪儿呢?这闪烁的光亮是怎么回事?”

窗帘被拉开了,一个女人轻声说着:“起床了,小人儿!到时间了——您不能再留在这里!船已经来了,就在岩礁那里抛了锚。”

“哪艘船?”邦贝喃喃道,“你是谁呀?”

“快醒醒,小人儿!我们得赶快了!”

邦贝起了床，让人帮他穿上衣服。“我做梦了，”他说，“现在我渴极了。”

一名侍女端了一杯水递到他唇边。

“慢慢、慢慢地喝，小心呛着！”

“谢谢！”邦贝说道。但是侍女催促着他：“主人，您的船正等着呢！”

护士来到邦贝床边，护理他的人说：“他在喝水，但是神志不清呢。”

护士轻轻说道：“他一有什么情况，马上按铃！”

邦贝认出了那名侍女——那不正是科尔多瓦公主的侍女吗！

“为什么要绑着我？”他吓了一跳，“我们被发现了吗？卫兵上哪儿去了？你到底在帮谁？”

侍女微笑着：“别害怕，都会好起来的，这是为了保护您，我的小主人！”

“我把他的手绑在床沿上了，”护士悄声说，“不能让他拔了那些管子。”

“你这是干什么？”邦贝万分惊讶。侍女回答：“要是给卫兵看到了，我的小主人，他会以为您被抓住了。这是为了保护您！”

“相信我们！”他身旁的声音说着，“一切都会顺利的。”

“要是绑着我更加安全,那我就忍着吧！”邦贝听到自己这么回答。

侍女点头说:“快来,小主人！时间紧迫。”

他沿着一条长长的通道逃去，水滴由天花板滴下来，通道里布满蜘蛛网,挡住了邦贝的去路,蜘蛛网都粘到他的胸口上了。水滴清脆地掉在石砌的墙上。“继续！”侍女轻声说着,“继续向前,不要回头,小主人！”

邦贝叹着气说:“为什么绑着手腕的绳子都嵌到肉里去了？”

“别站在那儿!”侍女轻声说道,“结束之后我就给您松绑,小主人！”

邦贝终于在通道的尽头看到了亮光，他鼓起勇气,就快到了,他就要成功了!

床边的护理人员看到那饱受折磨的瘦小身体奋力挣扎着,马上去叫护士。

“氧气！”护士命令道,“你快些,他需要氧气！”

邦贝突然感觉到了新鲜的空气,就要抵达通道的尽头了,那新鲜的空气让他可以非常确定这一点。他终于沐浴在亮光之中,突然而至的猛烈光线使他眯起了眼睛,面前的海上出现了一个庞大的阴影,是船!

他听到小船划桨的声音。

“永别了,小主人!”侍女在他额头亲了一下。小船向着大船划去,邦贝沉默着。桨声停止,邦贝停靠在了大船边上。这时从岸边传来了警铃声。

“太迟了!”邦贝听到侍女这么喊道。

“我得救了!”他心里想,“我再一次侥幸逃走了。”他站在船上,闭上眼睛,听到船缆在风中摇摆的簌簌声,感觉到大船缓缓地开动了,船头朝向浩瀚的大海。岸上的警铃声渐渐微弱了。

终于有人给邦贝松了绑。

“欢迎上船!”

邦贝睁开眼睛,一下明白了自己是在哪里,这是在格拉斯大主教的平底船上,那位朱利·阿格尼斯最宠幸的小丑。

“我坚持非要亲自来接您不可。”那个小个子的人向邦贝伸出一只手,将他引向船舱。所有的人都等在船上,迎接他的到来——他的孩子奥迪儿和让·巴布蒂斯,还有他的爱人科尔多瓦公主。

“你怎么让我们等了这么久?”

“这可说来话长,”邦贝回答,“我去了梦境的另一边,我在那儿,我想您听了一定会很高兴的,我亲爱的哥度,我写了一本书,里面是随着热气球飘来的故事,我在故事里忆起了你们所有的人!”

“你把书带来了吗？”奥迪儿和让·巴布蒂斯齐声问道。

“没有，”邦贝遗憾地说道，“没有东西能从梦境的那头穿越过来，他们就连我本人都想留住呢。”

“谢天谢地，你还是回到我们身边了！”科尔多瓦公主拥抱着邦贝，“快发一个誓，再也不要去梦境的那一头了！”

邦贝越过自己爱人的肩头瞧了瞧安东·哥度，哥度小心地摇了摇头。

“这可由不得我们。”邦贝说着就陷进了沉思，沉默无语了。

他觉得梦境另一头的画面正在模糊黯淡，但是他非常肯定，另一头确确实实存在！

> > > >

布伦克放下笔，重新念了一遍他写的故事后，就将这最后的故事放进收着其他故事的档案夹里。

“幸好我们留住了他的故事。”布伦克这么想着，把灯熄灭了。

本书故事发生的地点

故事	地点
1. 海面上的眼睛	爱尔兰,西部海岸
2. 科尔多瓦的公主	西班牙,科尔多瓦
3. 漂移的亮光	俄国,莫斯科
4. 一条丝巾	法国,巴黎
5. 凝固的时间	意大利,威尼斯
6. 蜡像馆的故事	英国,伦敦
7. 奇特的游戏	波黑,萨拉热窝
8. 逃向巴黎的洋娃娃	法国,巴约讷
9. 玻璃的河流	波兰,斯武比采
10. 红袜子、黑袍子	德国,霍亨特里
11. 在梦境的对岸	德国

(书中地图系原文插附地图)

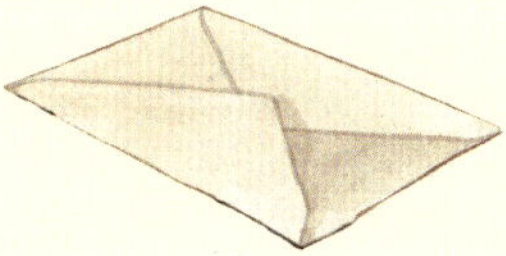

作者简介

莱因哈特·容(Reinhardt Jung,1949—1999)　出生于德国。曾在一个国际性的儿童组织工作,1992 年起担任南德广播公司的儿童节目部主任。多次获得文学奖,其中包括奥地利青少年读物奖。1998 年获得知名的雅努什·科扎克儿童文学奖,此奖被誉为“青少年读物的诺贝尔奖”。他是继米切尔·恩德之后,第二位获此殊荣的德国作家。

彩乌鸦系列

一口气读完，一辈子不忘

好的儿童文学，

是有颜色、有温度的，

是打破藩篱、充盈想象的，

是有精神内核、富有人生回味的……

“彩乌鸦”，就是这样的儿童文学！

2002年，“彩乌鸦”从德国莱茵河畔飞来中国，它带着纯然的儿童之心和缤纷的文学羽毛，翩然飞舞在中国孩子的童年阅读之中。“彩乌鸦”寓示着世界文化的丰富多彩和作品风格的五光十色。2008年，“彩乌鸦”孕育出本土的“中文原创系列”，将中国多位优秀作家的儿童文学精品收入囊中，蔚为大观。2012年，“彩乌鸦”升级改版，在原有基础上不断精益求精，呈现出儿童文学“霓·虹”的绚丽模样。2024年，“彩乌鸦”全球甄选作品，以全新的图书姿态，引领孩子飞越文学的疆域。

“彩乌鸦”将当代、经典、好看的儿童文学作品集结；文本题材多样，异彩纷呈；作品文学性强，短小精悍，“一口气读完，一辈子不忘”的编辑理想，助其树立起区别于其他童书的优异品质和口碑。“彩乌鸦”让孩子得到美好文字的滋养，是可以回味一生的心灵珍藏。

彩乌鸦世界文库

★ 初版20册全部分批入选全国中小学图书馆（室）推荐书目

★ 德语文学权威评审机构德国青少年文学研究院选荐

★ 部分图书获国家图书馆文津图书奖、首届德译中童书翻译奖等

★ 新版缤纷呈现，在全球范围内甄选高品质儿童文学以飨读者

想象 荒诞 哲理

谁会想到，有天男孩理查竟然变成了一只乌鸦；谁又会知道，乌鸦最开始竟然是彩色的鸟儿。

性格 成长 家庭

有时候能做个“悄悄的露易丝”也是相当棒的。当你静静聆听万物的声音，万物也会和你说悄悄话呢！

生命 哲理 奇幻

邦贝先生的身体千疮百孔，他的思想却极为非凡。他想成为一位作家，于是放飞了他的信，而信带着一个个故事回到他身边……

童心 逗趣 二娃

成长 教育 家庭

想象 颠覆 魔法

想象 乐趣 童话

想象 沟通 寓言

冒险 自由 人生

想象 魔法 童诗

父爱 成长 旅程

动物 家庭 喜剧

动物 哲理 寓言

动物 寻爱 冒险

亲情 成长 教育

母爱 生命 成长　亲情 友情 教育　自然 环保 生命　哲理 反战 教育　哲理 讽刺 教育

——“彩乌鸦世界文库”不断更新，精彩继续。